MANFRED HELLWEG

Mein Vater der Diplomat

Als meine Mutter sich aus meinem Leben verabschiedete, erlebte ich eine der größten Überraschungen meines Lebens. Es war nicht einfach, aber ich musste ihren Nachlass durchsehen und ordnen.

In ihren Unterlagen fand ich Liebesbriefe aus denen hervorging, dass ich einen Diplomaten als leiblichen Vater habe. Das war Schock und gleichzeitig Ansporn für mich, herauszufinden wer dieser Fremde war, und ob ich noch Kontakt zu ihm aufnehmen kann.

MANFRED HELLWEG

Mein Vater der Diplomat

Zu schön um wahr zu sein.
Eine erfundene Geschichte.

Bibliografische Information der Deutschen Nationalbibliothek:
Die Deutsche Nationalbibliothek verzeichnet diese Publikation in der Deutschen Nationalbibliografie; detaillierte bibliografische Daten sind im Internet über http://dnb.dnb.de abrufbar.

© 2016 Autor: Manfred Hellweg

Herstellung und Verlag: BoD – Books on Demand, Norderstedt

ISBN: 978-3-7431-4090-5

Vorwort

Bis heute nahm mein Leben einen ganz normalen Verlauf. In meiner Jugend profitierte ich, wie jedes Kind, von der Unbekümmertheit und nahm alles so leicht, wie Kinder es in dem Alter tun. Danach erlernte ich einen Beruf, lernte meine Frau kennen und wir bekamen zwei wunderbare Söhne. Unser Leben war perfekt, bis auf die Katastrophe, als mein Vater an unserem dritten Hochzeitstag verstarb.

Als meine Mutter mich dann schließlich mit achtundsiebzig Jahren auch noch verließ, hatte ich keine Bezugsperson mehr, außer meiner Familie. Wie das Leben ohne meine Mutter weitergehen sollte, konnte ich mir nicht so richtig vorstellen. Dann erfuhr ich, dass ich doch noch einen Vater habe, und hoffte einer schöneren Zeit entgegen zu gehen.

Ein Traum von kurzer Dauer.

Mein Vater der Diplomat

Als meine Mutter im Jahr 1975 verstarb, war es meine Aufgabe, ihren Nachlass zu ordnen. Dabei habe ich Unterlagen entdeckt, die mich schier zur Verzweiflung brachten. Ich konnte es nicht glauben! Vom einfachen Notizzettel, über Liebesbriefe, Geburts- und Sterbeurkunden, handgeschriebene Ahnentafeln, bis hin zur Eintrittskarte für die »Olympischen-Sommer-Spiele-1936« in Berlin, war alles vorhanden.

Jedes Teil fein sauber geordnet und beschriftet. Das habe ich meiner Mutter nicht zugetraut, sie musste aber einen wichtigen Grund haben, mir den Nachlass so zu übergeben. Sie kannte mich zu genau, denn diesen »Kram« würde ich eigentlich ohne Hintergedanken, kurzerhand entsorgen. Damit wollte ich wirklich nichts zu tun haben, doch eine Sache machte mich stutzig.

Beim Durchstöbern fiel mir zufällig meine Geburtsurkunde in die Hände. Es war nichts Besonderes, aber ich sah sie jetzt zum ersten Mal. Und neugierig wie ich nun einmal war, schaute ich sie mir genauer an. Ich fand nicht meinen jetzigen Vornamen darin, über meinem Geburtsdatum stand ein anderer Name: »Alexander«!

Das haute mich fast um. Das Geburtsdatum stimmte, der Name meiner Mutter war eingetragen, doch als Vater war nicht mein mir bekannter Vater eingetragen, sondern ein für mich völlig Fremder. Was hatte das nur zu bedeuten? Erklären konnte ich es mir nicht. Für mich stand auf einmal fest, dass ich nicht der bin, für den ich mich hielt.

Nachdem ich meiner Frau die Neuigkeit mitteilte, schaute sie mich völlig ratlos an und sagte: „Wenn das zutrifft was da steht, bin ich mit einem total Unbekannten verheiratet!" Schaute mich weiter an und lachte plötzlich lauthals los: „Sind wir rechtlich überhaupt verheiratet, oder leben wir schon jahrelang in »Wilder-Ehe«?", prustete sie weiter und ihre Augen blitzten mich schelmisch an.

Nach einer kurzen Verschnaufpause überlegten wir beide, wie wir mit dieser Neuigkeit umgehen sollen. Wer konnte uns darüber Auskunft geben? Keiner meiner älteren Verwandten lebte noch, und ob wirklich jemand darüber Bescheid wusste, steht in den Sternen. Aber wie konnte meine Mutter meinen bisherigen Vater so hinters Licht führen?

Hat er wirklich nichts davon gewusst? Ich konnte mir das nicht erklären. Das konnte nur mit dem Krieg zusammen hängen. Meine Eltern haben während des Krieges geheiratet, ich aber kam schon 6 Monate später auf die Welt. Hat meine Mutter meinen Vater davon überzeugt, dass ich eine Frühgeburt war? Ich kann es kaum glauben.

Die Liebesbriefe sah ich mir daraufhin genauer an. Liebesbriefe meines Vaters, und die meines Erzeugers, hatte meine Mutter in getrennten Hüllen aufbewahrt. Schön säuberlich verpackt und mit einer Kordel zusammengebunden. Aus den Liebesbriefen meines »Erzeugers« ging eindeutig hervor, dass sie meinen Zieh-Vater noch gar nicht kannte. Zu der Zeit war sie mit einer Freundin in den Niederlanden, als »Au-pair-Mädchen«, bei einer wohlhabenden Familie angestellt.

Bei einer internationalen Veranstaltung in Maastricht lernte sie einen jungen Mann kennen, der ihr durch seine sportlichen Erfolge auffiel. Er war Russe und Offizier der russischen Schwarzmeerflotte, stammte aus einem kleinen Dorf im Kaukasus, in der Nähe des »Schwarzen Meeres«.

Sie haben sich auf Anhieb sofort verstanden, zum Glück sprach er ein wenig Deutsch. Es war das Jahr 1933. Michail gehörte einer Sportlergruppe an, die diplomatische Immunität genoss. Ihre Freundin, Au-pair bei einer anderen niederländischen Familie, konnte nicht begreifen, dass sie sich mit einem Russen abgab. Russen waren nicht gern gesehen und hatten keinen guten Ruf in der Bevölkerung.

Meiner Mutter war das wohl egal. Ich kann mir vorstellen, warum ein Russe aus einem kleinen Dorf im Kaukasus, sich in sie verguckt hatte. Sie war eine Schönheit. Weiter konnte ich in den Briefen lesen, dass sie sich fast jeden Tag sahen, denn Michail war als Militärberater in der Botschaft der Sowjetunion in Maastricht tätig.

Während ich die Liebesbriefe durchlas, erinnerte ich mich an die Aussagen meiner Mutter, sie erzählte immer gerne von den »Olympischen Spielen«. Sie sprach dann von den »Spielen in Berlin«, weil sie dort als Zuschauerin war und es ein sehr wichtiger Punkt in ihrem Leben gewesen ist.

Sie hatte mit Michail eine Vereinbarung getroffen. Beide wollten zu den »Olympischen Sommer-Spielen« 1936 nach Berlin fahren, sich dort treffen um sich die Spiele gemeinsam anzusehen. Nur zu diesem Treffen kam es nicht mehr. Das Hitler-Regime wollte die Sommer-Spiele in Berlin für seine Propagandazwecke missbrauchen. Deshalb hat die Sowjetunion, im Dezember 1935, ihre Teilnahme an den Spielen abgesagt. Darüber waren beide sehr traurig, meine Mutter aber fuhr damals nach Berlin, und hat die Olympiade allein live erlebt.

Nachdem sie dann nach Beendigung der Spiele wieder bei ihrer Gastfamilie in Maastricht war, konnte sie ihren Freund nicht mehr so oft sehen. Sie stellte dann fest, dass sie schwanger war. Sie schrieb einen Brief an Michail und wollte ihm von dieser freudigen Nachricht berichten, er war nur nicht mehr zu erreichen. Auf Nachfrage in der russischen Botschaft teilte man ihr lediglich mit, dass Michail plötzlich abberufen wurde. So schickte sie den Brief nicht ab, da sie ja keine Adresse hatte.

Bei den Unterlagen fand ich auch noch einige handgeschriebene Notizen, aus denen hervorging, dass meine Mutter noch mehrmals versuchte bei der Botschaft in Erfahrung zu bringen, wohin man ihren Michail versetzt hatte. Die Mitarbeiter in der Botschaft gaben ihr aber klar zu verstehen, dass sie nicht gern gesehen war und keinen weiteren Kontakt zu ihr wünschten.

Mehr konnte ich bei der Sichtung nicht finden. Ich musste mich jetzt damit abfinden, mein Vater ist nicht mein leiblicher Vater! Den Briefen konnte ich aber entnehmen wie sein richtiger Name war. Er hieß Michail Cheraskov. Der Name des Wohnortes »Medoveevka« war mir nicht bekannt. Medoveevka lag nahe der Grenze zu Georgien, mitten im Kaukasus, und ca. 50 km vom »Schwarzen Meer« entfernt.

Das war vorerst alles was ich herausfand. Es war schon ein sonderbares Gefühl. Mit dem Tod meiner Mutter änderte sich in meinem Leben einiges. Jetzt wollte ich herausbekommen wer mein leiblicher Vater war, ob er noch lebte, wie er aussah und ob er überhaupt von meiner Existenz wusste.

Meine Frau und ich beschlossen sofort gezielte Nachforschungen anzustellen. Sogar eine Reise in den Kaukasus würden wir machen, wenn es denn sein sollte. Da gab es nur ein großes Problem. Die UDSSR konnte man nicht so ohne weiteres besuchen. Es gab den berühmt/berüchtigten »Eisernen Vorhang«.

Wir überlegten tagelang wie wir in die UDSSR kommen konnten. Von 1968 an verbrachten wir unseren

Jahresurlaub immer in Jugoslawien, einem Staat des „Warschauer Paktes", hatten also Erfahrung mit sozialistischen Ländern. Jugoslawien dagegen, war das einzige Land, das wir ohne Schwierigkeiten besuchen konnten.

Jugoslawiens damaliger Machthaber Tito, war sehr westlich orientiert und hatte sein Land als erstes Land des »Warschauer Paktes« dem Westen geöffnet. In die DDR, auch ein Mitglied des »Warschauer Paktes«, sind wir einige Male gefahren und haben dort Bekannte und Verwandte besucht. Deshalb kannten wir die vielen Schikanen, die uns eventuell erwarteten, bei einer Einreise in den Ostblock.

Jugoslawien war da wirklich eine rühmliche Ausnahme. Unser Urlaubsziel in Jugoslawien war Opatija. Dort in der Kvarner-Bucht trafen wir auf Urlauber aus den Niederlanden, England, Belgien, Dänemark. Einige Male hatten wir auch Kontakt mit Menschen aus dem Ostblock. Sie kamen aus der Tschechoslowakei, aus Polen, Ungarn und Rumänen und durften dort Urlaub machen. Nur Russen trafen wir nie. Durch Gespräche mit ihnen erfuhren wir einiges über das kommunistische System hinter dem »Eisernen Vorhang«.

Daraus folgerten wir, es würde nicht einfach sein in den Kaukasus zu gelangen. Mit dem Auto schon gar nicht. Wir waren davon überzeugt, dass es uns nicht so leicht gemacht würde wie es nach Jugoslawien möglich war. Auf dem Weg dorthin mussten wir durch Österreich, oder aber durch Italien fahren. Dabei waren allerdings auch einige Tunnel zu durchfahren, und Alpenpässe zu überwinden.

Wir gingen in ein Reisebüro und ließen uns beraten. Es gab ein deutsches Reiseportal, das sich auf Ferienreisen in die UDSSR spezialisiert hatte. Das ließen wir uns genauer erklären, nahmen den Katalog mit nach Hause und machten uns kundig.

Wir entdeckten darin eine 14-tägige Flugreise ans »Schwarze Meer« direkt in die Stadt Sotschi. In einem alten Schul-Atlas suchten wir im Kaukasus nach der Geburtsstadt meines Vaters. Medoveevka lag wirklich nicht weit von Sotschi entfernt. Damit hatten wir ein Ziel! Unser nächster Urlaub sollte eine Reise nach Sotschi werden.

Eine Menge Arbeit lag vor uns. Bei unserer Sparkasse erkundigten wir uns nach dem Wechselkurs des Rubels. Dabei erfuhren wir, dass es verboten war, Rubel mit ins Land zu nehmen. In der UDSSR gab es eine Umtauschpflicht für das Zahlungsmittel. Man durfte und musste nur in Russland Geld tauschen.

Der Umtauschkurs war sehr schlecht. Für 100 DM gaben sie uns nur 30 Rubel. Wir entschieden uns dann für Neckermann-Reisen. Sie sorgten auch für das dringend benötigte Einreisevisum in die UDSSR. 14 Tage sollten es sein, ein längerer Aufenthalt in Sotschi war nicht möglich und kostete schon eine Menge Geld.

Nachdem wir die Reise gebucht hatten, merkte ich dass ich langsam aber sicher immer nervöser wurde. Ich stellte mir manchmal die Frage: „Ist das, was du vorhast, auch wirklich das Richtige?" Doch, das wollte ich auf jeden Fall!

Für den Umtausch von DM in Rubel war ich gar nicht zu begeistern. Bei unserer Sparkasse würde ich einen weit besseren Umtauschkurs haben und für 100 DM =100 Rubel bekommen. So spielte ich mit dem Gedanken, Rubel von Deutschland mit in die UDSSR zu nehmen.

Es war schon verlockend, und es kribbelte mir in den Fingern. Ich hatte aber Familie und wusste nicht, ob ich vielleicht einen Fehler machte, und dann in Sibirien landen würde. Meine Frau hatte auch Angst dabei erwischt zu werden, obwohl wir in Jugoslawien immer ohne Probleme privat getauscht haben, DM gegen Dinar. Die Angst dabei erwischt zu werden schreckte mich dann doch davon ab, und ich ließ es sein.

Der Reisetermin kam näher und näher. Der Flug nach Sotschi ging von Frankfurt aus mit der russischen Fluggesellschaft Aeroflot. Vorgesehen war eine Zwischenlandung auf der Krim. Ich hatte schon viel von der Krim gehört. Die Krim war für mich etwas Besonderes, warum wusste ich aber nicht.

Der Flug mit einer alten russischen Iljuschin-Maschine dauerte ca. zweieinhalb Stunden. Die Verpflegung an

Bord war »atemberaubend«. Wir bekamen Tee zu trinken und als Beigabe noch einige Bonbons. In meinen Gedanken war ich schon in dem Dorf meines Vaters. Ich stellte mir Medoveevka als ein von der Außenwelt abgeschnittenes, uraltes, russisches Dorf vor. Natürlich auch ohne Elektrizität und ohne Wasseranschluss.

Wie konnte mein Vater es schaffen russischer Offizier zu werden, und dann auch noch Diplomat in den Niederlanden? Der langsame Sinkflug der Maschine riss mich aus meinen Gedanken. Unter uns sahen wir das »Schwarze Meer« und die ersten Häuser von Sewastopol. Das war der internationale Flughafen der Halbinsel Krim.

Kaum hatte die Maschine Bodenkontakt, klatschten die meisten Passagiere. Es waren hauptsächlich deutsche Urlauber an Bord. Deshalb nahm ich an, sie wollten sich bei dem Kapitän dafür bedanken, dass er sicher gelandet war. Die Maschine rollte und rollte, es wollte kein Ende nehmen. Endlich erreichte sie ihre Endposition. Wir konnten aussteigen und betraten zum ersten Mal russischen Boden.

Jetzt kamen die strengen Einreisekontrollen auf uns zu, vor denen wir einen großen Bammel hatten. Von den Jugoslawien-Urlaubern, aus dem Ostblock, hatten wir so einiges über die Sicherheitskontrollen in Russland gehört. Überall standen Sicherheitsbeamte und schauten mit Argusaugen auf die Reisenden. Für uns war das das reinste Spießrutenlaufen.

Ich wusste zwar, dass ich nichts zu befürchten habe, aber die Angst verhaftet zu werden, und in Sibirien zu landen, war da. In Gedanken redete ich mit mir: „Bleib ruhig, reg dich nicht auf, die können dir nichts!" Es ging auch alles gut. Wir wurden zu einer kleinen Maschine gebracht, die uns nach Sotschi bringen sollte.

Es war eine Propellermaschine mit ca. fünfzig bis sechzig Plätzen. Einige Deutsche, die mit uns aus Frankfurt kamen, nahmen ihre Plätze ein, die restlichen Plätze wurden von Russen belegt. Sogar aus Moskau kamen sie und hatten Gepäck und Beutel voller Waren dabei, die sie wohl in Moskau gekauft hatten.

Uns gegenüber saß eine alte Frau mit einem Vogelkäfig voller Küken, die sie mit nach Sotschi nehmen wollte. Es war schon ein seltsames Völkchen auf dem Weg nach Sotschi.

Das laute Dröhnen der Propeller signalisierte uns, dass es jetzt weiter ging. Wir hatten mit vielem gerechnet, nur nicht mit so einer alten, russischen Klapper-Kiste. Die laute Unterhaltung der russischen Passagiere ließ uns schnell die Zeit vergessen, denn nach ganz kurzem Flug landeten wir in Adler, dem Flughafen von Sotschi.

Der Pilot brachte die Maschine direkt vor dem Flughafengebäude in die Parkposition. Mit unserem Handgepäck verließen wir die Maschine und erreichten nach kurzem Fußweg das Flughafengebäude. Dort wurden alle deutschen Passagiere von einer netten jungen Frau in Empfang genommen und zu einem Bus geführt. Die Fahrt vom Flughafen zu unserem Hotel dauerte nicht mehr lange. Das Gebäude war ein altes, großes Hotel, hatte den für mich schwer auszusprechenden Namen Primorskaja. Über die Strandpromenade hinweg sahen wir schon das Meer.

Unser Zimmer lag in der ersten Etage. Es war ein großer Raum mit alten, dunklen Möbeln. So stellte ich mir einige Wohnungen in der UDSSR vor. Einfach, ärmlich und primitiv. Um von der Rezeption zu unserem Zimmer zu gelangen, galt es einige Schwierigkeiten zu überwinden. In diesem Hotel gab es nicht nur Hotelgäste, nein, es wohnten in der ersten Etage auch viele Einheimische. Auf dem Flur kamen wir an deren Wohnungen vorbei. Die unbekannten Gerüche nahmen uns den Atem.

Das Hotel war karreeförmig gebaut und hatte einen riesigen Innenhof. Um zu unserem Zimmer zu kommen, wurden wir von einer Etagenfrau, einer Russin kontrolliert, die nur Hotelgäste weitergehen ließ, die einen Hotelausweis für diese Etage hatten.

Kontrolle gut und schön, aber immerzu - nein danke. Seit wir das Flugzeug verlassen haben, sahen wir an jeder Ecke Männer stehen, die sich total »unauffällig« die Gegend ansahen. Das kannten wir schon durch die Verwandtenbesuche in der DDR. Das kommunistische System hat den Vorteil, dass man überall in den

Ländern der UDSSR sofort gefunden wird. Die Geheimdienste aller sowjetischen Länder haben die wohl am besten ausgebildeten Geheimagenten. Das meine ich einmal gelesen zu haben.

Nachdem wir uns etwas frisch gemacht haben, gingen wir zur Rezeption um zu erfahren, wo wir den Speisesaal finden. Zu ebener Erde befand sich ein großer Speisesaal. Alle westdeutschen Urlauber aber mussten in die erste Etage in einen Raum, der aussah wie eine riesige Theater-Loge. Dort konnten wir unsere Mahlzeiten einnehmen. Und über die Brüstung hatten wir einen schönen Blick auf den großen Speisesaal und konnten die Menschen dort unten beobachten.

Es war unser erster Abend und wir staunten nicht schlecht, was sich unten im Speisesaal abspielte. Es spielte eine Kapelle und an langen Tischen saßen die Gäste, aßen und tranken, zwischendurch gingen sie auf die Tanzfläche und tanzten einige Runden. Hatten sie genug, gingen sie wieder an ihre Plätze und aßen und tranken weiter. Wir konnten nicht verstehen wie man lauwarmes Essen genießen kann. Aber dieser Wechsel: Essen, Trinken, Tanzen dauerte fast die halbe Nacht.

Hier oben im »kapitalistischen Speiseraum« sah es anders aus. Es waren nur einige Tische die für uns bestimmt waren. An unseren Tisch setzte sich ein älteres Paar und wir erfuhren, dass sie in der Nähe unserer Stadt wohnten. Wir konnten à la carte bestellen, nur Getränke oder Sonderwünsche gingen zu unseren Lasten.

Die Kellner waren freundlich, sprachen sogar einige Brocken Deutsch, ließen uns aber nicht aus den Augen. Dort war sogar eine »Oberaufsicht«, die besonders unseren Tisch im Blick hatte. Von unseren Besuchen in der DDR war ich so manches gewohnt, doch hier in diesem Hotel war ich davon überzeugt, dass wir beschattet werden.

Die Oberaufsicht war eine ältere Russin so zwischen 50 und 60 Jahre alt, und hatte besonders meine Frau und mich im Auge. Das bemerkte ich schnell und meine Alarmsirenen schrillten. Zu unserem Essen bestellten wir eine Flasche Krimsekt, mit Eiswürfeln, und meine Frau eine Portion Kaviar, den echten russischen „Beluga-Kaviar".

Wie ich schon vermutete, wurden wir von der Oberaufsicht bedient. Auf ihrem Namensschild las ich Natascha und stellte fest, dass sie meine Frau so »besonders« ansah. Dabei hatte ich ein seltsames Gefühl. Als ich mit meiner Frau darüber sprach meinte sie zu mir: „Meinst du das wirklich? Was will die alte Frau denn von mir? Ich habe das nicht bemerkt, aber du hast schon immer einen Blick für Auffälligkeiten. Ich werde sie beobachten."

Mit unseren Tischnachbarn Paul und Paula freundeten wir uns schnell an, denn sie würden ja die nächsten Tage immer an unserer Seite sein. Nach dem Essen wollten wir noch einen Rundgang machen und uns in der Nähe des Hotels einiges ansehen. Paul und Paula schlossen sich uns an und gingen mit. Als wir die Uferstraße am Schwarzen-Meer entlang schlenderten, in Richtung Innenstadt, bemerkte ich den ersten »Begleitschutz«.

Vor und hinter uns beobachtete ich einige Männer in Mantel und Hut, die sich unbeobachtet fühlten. Geschickt die Seite wechselten, mal zurückfallen ließen, plötzlich verschwanden um an anderer Stelle wieder zu erscheinen. Typisch für ein Beschattungsteam! Ich hatte sofort den Verdacht, dass es mit mir zu tun habe, denn vor der Reise versuchte ich etwas über meinen Vater im Kaukasus zu erfahren. Was sollten diese Aufpasser auch sonst von uns wollen?

Von Paul und Paula bestimmt nichts, dachte ich. Spontan erinnerte ich mich an ein Ereignis vor einigen Jahren. Bei einem Besuch von Freunden und Verwandten in der DDR war uns etwas Besonderes passiert. Wir waren in der Weihnachtszeit wieder einmal in Thüringen, und als wir nach Hause fahren wollten, gab die Freundin meiner Frau ein Geschenk. Es war eine schöne Kristallschale. Dabei schaute sie meine Frau freundlich fragend an und meinte: „Traust du dir zu, diese Kristallschale mit nach drüben zu nehmen? Es ist einwandfrei DDR-Schliff. Ich möchte, dass du die Schale als Erinnerung an mich, mitnimmst."

Ich habe noch genau die Antwort meiner Frau im Gedächtnis: „Natürlich trau ich mich. Wer soll mir

mein Eigentum wegnehmen? Das traut sich keiner!"
Als wir die DDR Richtung Heimat verlassen wollten, begann es ganz doll zu schneien. Lange Autoschlangen standen und warteten, dass sie abgefertigt wurden.

Ein Grenzschützer der DDR ging an der vor uns wartenden Autoschlange vorbei, kam ganz gezielt auf uns zu und forderte uns auf, unseren Kofferraum zu öffnen. Ich dachte nur: „Da stimmt doch etwas nicht!" Ich sollte Recht behalten. Zielstrebig durchsuchte er unseren Kofferraum und wühlte plötzlich in einer Plastiktüte herum, in die meine Frau ihre und meine getragene Unterwäsche gesteckt hatte. Rein zufällig fand er natürlich mit einem Griff die bewusste Kristallschale.

In seinem Gesicht erkannte ich Triumph und Zufriedenheit gleichzeitig. Mit geschwellter Brust stand er vor uns und winkte uns aus der Schlange heraus, mit dem Hinweis, ihm zu folgen. Meine Gedanken schlugen Purzelbaum und suchten nach einem Ausweg aus dieser misslichen Lage.

Während er langsam vor uns herlief und uns zu einer kleinen freistehenden Garage führte, gab ich meiner Frau einen sehr wichtigen Hinweis, indem ich nur zwei Worte sagte: „Tante Anni!" Sie schaute mich nur an und hatte den Hinweis verstanden. Ein Rolltor der Garage öffnete sich, und er forderte uns auf hinein zu fahren. Unser Wagen passte so eben dort hinein. Dann ging alles sehr schnell. Wir hatten gerade den

Motor abgestellt, da schloss sich die Tür hinter uns und wir wurden unmissverständlich aufgefordert auszusteigen. Unter unserem Wagen befand sich ein Schacht, genauso wie beim TÜV. Die Grenzer konnten also den Wagen von unten genauestens inspizieren.

Sämtliche Auto-Türen mussten wir öffnen, alle Fächer, Kofferraum, Motorhaube, Sitzbänke wurden inspiziert, überall wurde nachgesehen, ob wir nicht irgendetwas versteckt hatten. Unsere Geldbörsen, Taschen, Geschenke wurden überprüft. Nichts Verdächtiges fanden sie.

Die Überprüfung eines Schokoladenkuchens war der absolute Hammer. Nachdem meine Frau gefragt wurde: „Was ist in dem Kuchen? Den muss ich röntgen!", antwortete sie „schneiden sie ihn doch einfach durch, dann wissen sie was da drin ist, ich habe keine Ahnung." Das aber wollte der Grenzer nicht und ging mit meiner Frau zu einem Röntgengerät um den Kuchen zu untersuchen. Er musste feststellen, dass es sich um einen ganz »stink-normalen Kuchen« handelte.

Während der gesamten Kontrolle stand eine junge Grenzbeamtin in einer Ecke und beobachtete uns sehr genau. Vermutlich war sie psychologisch geschult, aber sie sprach kein Wort. Wir übersahen sie einfach. Nachdem sie nichts fanden, was uns belasten konnte, brachten sie das Gespräch auf die Kristallschale. Bei der Kontrolle waren nur zwei Grenzer und die vermeintliche Psychologin dabei. Beide Grenzer wollten uns in ein Kreuzverhör verwickeln. Das allerdings nützte bei uns nichts, wir hatten das sofort begriffen und reagierten total gelassen.

Sie versuchten uns klar zu machen, dass der Schliff der Kristallschale »einwandfrei« DDR-Schliff sei und wollten wissen, wo wir die Schale gekauft haben. Kristallschalen dieser Art könne man in der DDR nicht kaufen, wollten sie uns weismachen. Jetzt hatten sie meine Frau erst richtig auf dem falschen Fuß erwischt. Und dann tischte sie den Grenzern eine Geschichte auf, die sie in ihrem Leben wohl nie wieder vergessen werden.

„Kristallschalen dieser Art kann man nicht bei ihnen kaufen, das glauben sie doch selber nicht! Wir haben sie schon in einigen Geschäften in der Vergangenheit gesehen. Diese Schale ist aber mein Eigentum. Übrigens, während der Tage zwischen Weihnachten und Neujahr hatten sämtliche Geschäfte geschlossen, wo hätten wir sie denn kaufen sollen? Wir haben die Kristallschale mitgebracht und hatten darin Sülze für den Silvesterabend.", gab sie den beiden zu verstehen.

Wir hörten nur: „Sülze in einer Kristallschale, das glauben aber auch nur sie!" "Das müssen sie schon mir überlassen worin ich Sülze transportiere!", meinte meine Frau, „und wenn wir die Schale nicht mitbringen durften, warum haben ihre Kollegen bei der Einreise uns nicht darauf hingewiesen? Das ist doch nicht unsere Schuld!"

Und jetzt verrate ich Ihnen auch noch, woher ich sie habe: „Im vergangenen Jahr hatten wir Besuch einer Tante aus Polen, die uns die Kristallschale als Geburtstags-Geschenk mitbrachte. Wollen sie mir erzählen, Polen können keine DDR-Kristallschalen kaufen?" Verdutzte, und sprachlose Gesichter schauten uns an. Ich glaube so etwas haben die Grenzer noch nicht erlebt.

Sie haben bei uns nichts gefunden! Mit der Kristallschale konnten sie uns auch nichts beweisen! Es blieb ihnen nichts anderes übrig, sie mussten uns weiterfahren lassen, ohne uns zu verhaften.

Pech auch!! Sie konnten das wohl so nicht auf sich sitzen lassen, und meinten, uns einen besonderen Rat zu erteilen: „Wenn sie demnächst wieder in die DDR einreisen, dann lassen sie sich eine bessere Geschichte einfallen!" meinte die Psychologin. Siehe da, sie konnte sogar sprechen. Meine Frau konnte es aber nicht lassen. Sie musste ihnen noch sagen: „Das brauchen wir nicht, wir müssen nur bei der Wahrheit bleiben!"

Das Rolltor öffnete sich, wir packten unsere „sieben Sachen" wieder in das Auto, verließen diese „Gefängniszelle" und fuhren Richtung Heimat. Es hätte auch schlimmer ausgehen können. In Gedanken habe ich mich schon manchmal in Sibirien gesehen. Wir hatten die Grenze der DDR hinter uns gelassen und waren weit genug entfernt, dass uns deren Richtmikrofone nicht mehr erreichen konnten.

Jetzt lachten wir beide aus vollem Hals, weil wir diese Durchsuchung so gut überstanden haben. Es stand für uns eindeutig fest, wer uns diese Suppe eingebrockt hat. Es konnte nur die Tochter der Freundin gewesen sein. Bei all unseren Besuchen vorher haben wir sie nie zu Gesicht bekommen. Sie war nämlich bei »Horch und Guck«, dem Geheimdienst der DDR.

Vielleicht wollte sie damit bei ihren Vorgesetzten punkten. Möglich auch, dass der russische, und der DDR-Geheimdienst gemeinsame Sache machen, und mich wegen meiner Neugier nach meinem Vater im Visier haben. Mein Vater ist ja nun unbestritten Geheimnisträger als Marineoffizier und russischer Diplomat. Jeglicher Kontakt zu meinem Vater soll schon im Keim erstickt werden, dachte ich.

Von unserem Hotel waren wir nicht mehr weit entfernt, da trafen wir im Park eine Gruppe älterer Russen, die es sich auf einer Bank gemütlich gemacht hatten. Sie sprachen uns in unserer Muttersprache an. Wir waren sehr erstaunt und konnten es gar nicht glauben.

Wir führten eine lockere Unterhaltung, dabei sah ich dass ihre Augen überall waren. Sie beobachteten ihre Umgebung sehr genau und ließen uns wissen, dass wir sehr vorsichtig sein sollen, denn, die auch uns bekannten Gefahren lauerten überall. Wir schauten in die Runde, natürlich völlig unauffällig, hatten die männlichen Personen mit Hut und Mantel entdeckt, ließen uns aber nichts anmerken.

Diese Gruppe fragten wir noch nach dem Weg in die Stadt. Immer am Ufer entlang sagten sie, dann kämen wir ohne Umwege in die Innenstadt. Nachdem wir uns von ihnen sehr freundlich verabschiedet haben, gingen wir zum Ufer und folgten der Uferpromenade, die uns zuerst in den Hafen von Sotschi führte.

Paul und Paula immer im Schlepptau. In der kurzen Zeit haben wir uns mit ihnen angefreundet und hatten viel Spaß. Zusammen sahen wir uns den Hafen an und stellten fest, dass dort ausschließlich kleine und größere Schiffe der russischen Marine ankerten.

Es war kein großer Hafen, er war überschaubar. Wir waren für alle hier im Hafen Fremde. So war es auch kein Wunder, dass wir von allen Seiten argwöhnisch beobachtet wurden bis wir den Hafen Richtung Innenstadt verließen.

Die Aufpasser folgten uns in entsprechendem Abstand. Paul meinte so nebenbei: „Wir haben richtig Glück mit den Heinzelmännchen, sicherer können wir nicht sein. Sollten wir überfallen werden, haben wir gleich die Polizei zur Stelle. Ich glaube nicht, dass sich bei der Überwachung irgendjemand an uns herantraut."

Sotschi ist eine alte Stadt, von Moderne nichts zu sehen. Ein oder zwei größere Kaufhäuser, und an den Straßenrändern überall kleine Verkaufsstände, in denen man alles kaufen konnte. Angefangen von der Rasierklinge über Waschmittel, Brot, Socken, Batterien, Zeitungen und Souveniers aller Art. Wir hatten das Gefühl, auf einem Flohmarkt zu sein.

War das Sotschi? Ich wollte es nicht glauben. Was wir bisher von Sotschi gesehen haben, war nicht gerade berauschend. In den Urlaubskatalogen sahen wir ein anderes Bild von Sotschi. Langsam schlenderten wir zurück zum Hotel. Dabei nahmen wir nicht die Uferstraße, sondern die Hauptstraße. Diese führte an einem großen Park und direkt an der Rückseite unseres Hotels vorbei.

Dem Hotel gegenüber befand sich eine kleine Eisdiele, wie für uns bestellt. Dort wollten wir noch ein Eis essen nach dem anstrengenden Spaziergang. Als wir hinein gingen, erlebten wir eine Überraschung. Eine Eisdiele, wie wir sie kennen, war es nicht. Alle Tische waren von Russen besetzt und wir konnten nur noch an der Bar einen Platz ergattern.

In Deutschland haben wir schon viel von der Trinkfestigkeit der Russen gehört. In dieser Eisdiele konnten wir uns auch davon überzeugen. Kaum jemand hatte sich einen Eisbecher bestellt, an den Tischen und an der Bar wurden fast nur Getränke serviert. Keine Softdrinks, nur harte Sachen.

Eine seltsame Atmosphäre war in diesem Raum. Alle Russen sahen uns an als wären wir von einem anderen Planeten. Während ich mich umsah, wurde ich von Paul angesprochen der mich fragte: „Wo sind unsere Heinzelmännchen? Siehst du welche hier?"

Er hatte Recht, sie sind nicht mit in die Eisdiele gekommen. Bestimmt werden sie draußen auf uns warten, dachte ich, oder dürfen sie vielleicht nicht hier hinein? Zwei ältere Russen, die mit uns an der Bar saßen, haben wohl unser Gespräch mit angehört. Für uns völlig überraschend beantworteten sie Pauls Frage: „Die Heinzelmännchen, das ist aber eine schöne Bezeichnung für eure Bewachung, trauen sich hier nicht rein. Sie wissen genau dass sie in dieser Eisdiele nicht willkommen sind."

In einwandfreiem Deutsch fragten sie weiter: „Was ist mit euch los? Seid ihr etwas Besonderes? Diese Art Heinzelmännchen sehen wir sonst hier nie. Sie tauchen nur auf, wenn es um etwas Brisantes geht. Entweder hat es mit eurem Job oder mit eurer Familie zu tun."

Wenn die wüssten, dachte ich, sagte aber vorerst nichts. Mit beiden Männern kam eine interessante Unterhaltung zustande und wir verstanden uns gut. Sie stellten sich uns vor, der eine hieß Victor und der andere Pjotr. Ich bestellte beim Kellner eine Runde Bier oder Radler für alle, prompt kam von den beiden Russen eine Runde zurück, aber kein Bier, sondern Wodka.

Eigentlich wollten wir keinen Wodka trinken, doch Victor und Pjotr bestanden darauf mit ihnen anzustoßen. Und »anstoßen« kann man in Russland nur mit Wodka, wurde uns gesagt. Für beide war es eine Freude uns sto gramm (100 Gramm) Wodka auszugeben. Dass Wodka in Russland gewogen wurde, war uns neu.

Es wurde ein lustiger Nachmittag in der Eisdiele.

Während der Unterhaltung erkundigte ich mich nach dem Wohnort meines Vaters. Als ich den Namen Medoveevka nannte, wurden beide stutzig und meinten: „Aha, daher die speziellen Heinzelmännchen! Ihr wisst sicherlich nicht was Medoveevka für eine Stadt ist, oder?"

Ich war überrascht, dass sie die Heimatstadt meines Vaters kannten. „Was ist mit der Stadt?", wollte ich wissen. Wie aus der Pistole geschossen kam ihre Antwort: „In Medoveevka wohnt die »Elite«, dort dürft ihr nicht hin." Ich erklärte beiden, dass ich dort allein meinen Vater suchen will, meine Begleiter hätten nichts damit zu tun.

Sie sagten: „Das wirst du nicht schaffen, die Heinzelmännchen haben dich im Visier. Glaub bloß nicht, du kannst die Wachhunde austricksen. Vergiss das wieder ganz schnell!" Ich erzählte ihnen, dass ich durch Zufall Kenntnis von meinem leiblichen Vater bekommen habe, ihn nicht kenne, aber glaube, dass er nichts von meiner Existenz weiß.

Weiter erzählte ich ihnen, dass er vor 1936 mit meiner Mutter in Maastricht liiert war. Er war Offizier in der Schwarzmeerflotte der UDSSR und russischer Diplomat an der dortigen Botschaft. Als sie das hörten, sah ich in ihren Gesichtern Staunen und Unglauben.

„Und den suchst du ausgerechnet in Medoveevka?", meinten beide. „Das ist schon so lange her, ich glaube nicht dass du ihn dort finden wirst", sagte Victor, „denn als Diplomat und Offizier lebt dein Vater sicherlich schon seit einigen Jahren in Moskau", fügte Pjotr hinzu.

Wir verabredeten uns für den nächsten Tag wieder in der Eisdiele, denn sie wollen sich erkundigen, wie sie mir helfen könnten. Es war auch jetzt Zeit, wieder ins Hotel zu gehen, unser Abendessen wartete.

Auf dem Weg zu unserem Zimmer mussten wir wieder an den Räumen der Russen vorbei, aus denen die unmöglichsten Gerüche kamen. Wir hielten die Luft an und rannten im Eiltempo vorbei. „Was mögen die bloß in den Zimmern kochen?", fragte ich mich.

Auf der Etage mussten wir uns bei der Etagenfrau ausweisen um in unser Zimmer zu kommen. Mit den Bekannten, Paul und Paula, die ein Zimmer gleich neben uns hatten, wollten wir gemeinsam zum Essen gehen. Nachdem wir uns frisch gemacht hatten, klopften sie schon an unsere Tür und wollten uns mitnehmen. Im Speisesaal das gleiche Bild. Von der Empore sahen wir unter uns die Russen speisen und tanzen, wie gestern. Und Natascha hatte wieder nur Augen für meine Frau, die mir nicht glauben wollte, dass sie eine heimliche Verehrerin hat.

Sogar Paul und seiner Frau, fiel das sofort auf. Sie machten uns darauf aufmerksam, und wir beschlossen gemeinsam diese Natascha im Auge zu behalten. Am nächsten Morgen, nach dem Frühstück, wollten wir vier noch mal in die Stadt gehen. Um nicht durch die Lobby zu gehen, suchten wir den Hinterausgang, der uns direkt auf die Hauptstraße führte, in der Hoffnung nicht sofort von unseren Aufpassern gesehen zu werden.

Anscheinend waren sie aber pfiffiger als wir dachten. Kaum hatten wir die Hauptstraße erreicht, standen die Heinzelmännchen schon an mehreren Ecken. Genauso unauffällig gegenüber im Park, völlig teilnahmslos und desinteressiert. Nach der kurzen Zeit hatten wir uns schon an sie gewöhnt und sahen es mit Gelassenheit und Humor.

Wenn die etwas von uns wollen, werden sie sich schon bemerkbar machen! Auf dem Weg zur Stadt hörten wir in der Ferne herrlichen Gesang, und gingen dem entgegen. Aus einer Basilika schallten Kirchenlieder. Die Kirchentür stand weit offen und lud uns ein, hinein zu gehen. Pauls Frau machte uns aufmerksam, dass heute Sonntag sei und wir mitten in einen russischen Gottesdienst geraten waren. Der größte Teil der Besucher waren Frauen mit Kopftüchern. Die wenigen Männer waren nur durch ihre Stimmen in den feierlichen Gesängen zu hören.

Hinten in der Kirche blieben wir stehen und sahen uns den russisch-orthodoxen Gottesdienst an. Überall waren brennende Kerzen aufgestellt und die Menschen sangen und beteten. Es war ergreifend. Die Gläubigen sahen uns nur kurz an und kümmerten sich nicht weiter um uns.

Beim Verlassen der Basilika meinte Paul, dass unsere Aufpasser sich sogar hier versteckt hatten. Kurze Zeit später erreichten wir die Innenstadt und fanden eine kleine Kaffee-Bar, in der wir einen Cappuccino trinken wollten.

Aus unserem Hotel hatten wir einige Prospekte mitgenommen, die uns für Tagesausflüge begeistern sollten. Beim Reise-Veranstalter waren diese Ausflüge zusätzlich zu buchen. Wir wollten uns die Prospekte erst genauer ansehen.

Angeboten wurden unter anderem: Besichtigungstour der Kurkliniken mit einem Wellness-Paket, Ausflug mit einem Tragflächenboot auf dem »Schwarzen Meer«, Besichtigung einer Schwefelquelle im Kaukasus, Karten für einen internationalen Trampolinwettkampf in der Sotschi-Arena oder Besuch eines kaukasischen Dorfes, mit anschließendem Grillabend und Umtrunk.

Würden wir uns für eines dieser Angebote entscheiden, müssten wir tief ins Portemonnaie greifen. Ganz schön teuer, diese Abzocke. Nach reiflicher Überlegung entschieden wir vier uns für den Besuch des kaukasischen Dorfes, das wir allerdings in Eigenregie machen wollten. Dazu wollten wir noch andere Urlauber aus Deutschland, die in unserem Hotel untergebracht waren, fragen.

Für mich kam das wie gerufen. Dem Prospekt konnte ich entnehmen, dass das kaukasische Dorf ganz in der Nähe der Stadt lag, aus der mein Vater kam. Während unseres Heimweges beschloss ich, mich mit den beiden Russen aus der Eisdiele darüber zu unterhalten. Vielleicht können sie mir einen Tipp geben, wie wir vorgehen sollen.

Als wir durch den Park gingen, und uns der Eisdiele näherten, sahen wir schon von weitem, dass sich dort eine Traube Russen versammelt hatte. Es war noch früh am Morgen, keine 11 Uhr, und die Eisdiele noch geschlossen. Gelangweilt und ruhig warteten sie vor dem Eingang als hätten sie alle Zeit der Welt. Sind das alles »Sprittis« ?

Von der Reiseleitung haben wir erfahren, dass Geschäfte, in denen Alkohol verkauft wird, erst um 11 Uhr öffnen dürfen. Vor der Eisdiele sahen wir, dass diese Anordnung eingehalten wurde. Unsere beiden russischen Freunde von gestern suchten wir aber vergeblich unter den Wartenden.

Ich glaube, in Deutschland würden keine Leute vor den Kneipen stehen und warten, um Alkohol oder Bier zu kaufen. Wir waren geduldig und warteten neben der Eisdiele auf einer Bank, schauten uns die wartenden Menschen an, und staunten über die Disziplin der Russen.

Als die Eisdiele um 11 Uhr öffnete, waren wir mit unter den ersten die hineingehen durften. Wir trauten unseren Augen nicht. Bis auf einzelne Plätze war die Eisdiele bereits voller Menschen. Wo kamen die denn her, hatten sie drinnen übernachtet? Es war wie ein Wunder. Dann plötzlich war der Raum überfüllt, der Rest musste draußen warten.

Am Tresen sahen wir Victor und Pjotr, die uns aufgeregt zuwinkten. Ihren Gesichtern sahen wir an, sie hatten Neuigkeiten. Wir hatten Durst und bestellten Bier für die Männer und Kwas für die Frauen.

Kwas, ein leicht-alkoholisches Getränk, aus gegorenem Brot, Mehl und Malz, schmeckte hervorragend und sehr erfrischend. Victor hatte schon wieder Wodka bestellt, doch ich lehnte ab. Am frühen Morgen konnte ich keinen Wodka trinken, eigentlich mochte ich ihn überhaupt nicht.

Aus beiden sprudelten die Neuigkeiten. Jeder wollte der Erste sein. Sie hatten Wichtiges über meinen Vater. Er lebt noch und sei im Ruhestand. Und er wohnt wieder in seinem Heimatdorf Medoveevka im Kaukasus, nicht mehr in Moskau. In diesem Jahr hat er seinen siebzigsten Geburtstag gefeiert, ist gesundheitlich aber nicht mehr so gut beieinander.

Das waren die ersten Aussagen der beiden. Sie sahen mich dabei forschend an, als wollten sie sagen: „Na, wie haben wir das gemacht? Was sagst du jetzt? Ist das nicht einen Wodka wert?"

Ich merkte wie mir das Blut in den Ohren rauschte, sie wurden ganz heiß und rot. Auf diese Neuigkeiten habe ich dann doch mit den beiden einen Wodka getrunken. Dann wollte ich auch wissen, ob ich ihn besuchen kann. Aber da verfinsterten sich ihre Mienen und ich wusste: das solle ich doch lieber bleiben lassen!

Die Familie Cheraskov ist in der Sowjetunion sehr angesehen und steht seit langem unter dem besonderen Schutz des Militärs. Da hätten wir wohl keine Chance auch nur in die Nähe meines Vaters zu kommen.

Bisher haben wir uns in einer Lautstärke unterhalten die dem Lärm, den die Besucher der Eisdiele verursachten, angepasst war. Auf einmal wurden beide, Victor und Pjotr sehr leise. Mit etwas gesenktem Kopf, dabei eine Hand ganz unauffällig vor das Gesicht haltend, aber nur mir zugewandt, hörte ich Victor sagen: „Wir haben als Vertraute Kontakt zu deinem Vater aufgenommen. Du musst wissen, dein Vater ist nicht so linientreu wie alle glauben. Und er war überrascht zu erfahren, dass er einen deutschen Sohn hat.

Aus Maastricht sei er damals ohne Grund zurückbeordert worden und habe von deiner Mutter nichts mehr gehört. Er möchte dich kennen lernen, weiß aber noch nicht wie er das anstellen kann. Wenn er eine Möglichkeit gefunden hat, werden wir es dich wissen lassen. Vertraust du uns?"

Ich war in diesem Augenblick sprachlos, natürlich vertraute ich beiden. Dann erzählte ich ihnen von den angebotenen Tagesausflügen durch den Reiseveranstalter. Wir und einige Miturlauber haben uns für das kaukasische Dorf entschieden. Beide waren begeistert von der Wahl. Beide Dörfer, das meines Vaters und das kaukasische liegen nur einige Kilometer auseinander. Sie wollten sehen was sie machen können.

Die Idee mit dem Ausflug ins kaukasische Dorf wollten sie Micha, so nannten sie meinen Vater, heute noch mitteilen. Ich gab ihnen zu verstehen, sie sollen sehr vorsichtig sein, vielleicht hätten unsere Heinzelmännchen sie auch schon im Visier. Da lachten sie nur und meinten: dazu seien die viel zu dämlich.

Die wissen noch gar nicht wozu wir fähig sind!!

Sie würden sich bei mir melden, oder beim Barkeeper eine Nachricht für uns hinterlassen. Jetzt schaute ich sie total überrascht an. Pjotr aber meinte, dass der Barkeeper, er hat übrigens den schönen, alten deutschen Vornamen Waldemar, einer der Vertrauten meines Vaters ist. Na dann, worüber soll ich mich eigentlich noch wundern?

Wir verabschiedeten uns, sollten jedoch jeden Tag nachfragen wie der Stand der Dinge sei. Draußen sahen wir unsere »Wachhunde« wieder und Paul konnte es nicht lassen ihnen zuzuwinken. Wir brauchten nur die Straße zu überqueren und schon waren wir am Hintereingang unseres Hotels Primorskaja.

Es war leichter, durch den Hintereingang auf die Etage zu kommen, auf der unser Zimmer lag, als durch den Haupteingang von der Promenadenseite aus. Die große Eingangshalle, und die vielen Gänge, vorbei an den stinkenden Russenzimmern, konnten wir meiden. Nur, auf unserer Etage saß wieder »Babuschka« und wir wurden überprüft, dabei bot sie uns einen Tee aus ihrem Samowar an.

Mit Paul und Paula wollten wir am Nachmittag an den Strand gehen. Einige Hundert Meter südlich vom Hotel gab es in Sotschi eine Badeanstalt am Strand, mit einem weit ins Wasser ragenden Anlegesteg. Mit dem Wetter hatten wir großes Glück, die Sonne schien und wir wollten das Schwarze Meer testen. Es soll nicht so salzhaltig sein wie die Nordsee oder das Mittelmeer, davon wollten wir uns überzeugen. Schön war der Strand aber nicht. Kein Sandstrand, nur kleine Kieselsteine. Nicht schön zum Liegen und Laufen, nur rein ins Wasser und schwimmen, mehr ging nicht.

Eine kleine Strandbar mit einigen Sitzgelegenheiten davor gab es auch. Dieser Strand war besonders. Nicht zu vergleichen mit anderen Stränden am Mittelmeer. Irgendetwas kam uns komisch vor, wir wussten aber nicht sofort was es war. Der Strand war voller Menschen, überall lagen sie, trotz der Kieselsteine, auf einfachen Handtüchern und sonnten sich. Viele waren so rot, dass man ihnen die Haut in Fetzen abziehen konnte. Anscheinend machte der Sonnenbrand ihnen aber nichts aus.

Auf einmal sahen wir was anders war. Die russischen Frauen trugen ausschließlich bunte Bikinis. Sie hatten aber keine Bikinifiguren sondern waren allesamt XXXXL Frauen, richtige russische Matka`s. Ich glaube an keinem Strand der Welt sieht man solche Fleischberge in zu kleinen Bikinis.

Die russischen Männer dagegen sahen ganz anders aus. Sie hatten gut gebaute Körper in viel zu kleinen Badehosen und auch meistens ein großes Glas Bier in der Hand.

Jedes zweite Pärchen lag wild knutschend auf ihren Handtüchern. Ihre Umgebung nahmen sie nicht wahr. Anscheinend merkten sie den steinigen Untergrund nicht. Möglich auch, dass es der Alkohol war, oder aber sie hatten einen Sonnenstich. Wir ließen uns nichts anmerken, gingen ins Wasser und beobachteten das Treiben vom Meer aus. Weit raus schwimmen konnten wir nicht, denn immerzu schipperten Küstenboote der Polizei oder der Marine den Strand entlang.

Ob sie nur präsent sein wollten oder etwas suchten, wer weiß? Einige Zeit später hatten wir genug vom Strandleben und machten uns auf den Heimweg. Die Strandpromenade entlang laufen wollten wir nicht, deshalb gingen wir die wenigen Schritte zur Hauptstraße.

Dort hatten wir es schattig und konnten uns die alten, russischen Häuser am Straßenrand ansehen. Wir kamen am Theater der Stadt Sotschi vorbei, ein sehr interessantes Bauwerk! Nicht so weit entfernt, auf dem Rückweg zu unserem Hotel, standen die ärmlichen, teilweise heruntergekommenen Häuser der Bevölkerung. Wer in solchen Hütten und alten, fast baufälligen Häusern leben muss, ist schon sehr arm.

Fast hätten wir unsere ewigen Aufpasser vergessen. Am Strand haben wir nicht darauf geachtet, vielleicht waren sie sogar mit im Wasser, doch auf dem Weg zum Hotel zeigten sie sich wieder. Es dauerte auch nicht lange, und wir hatten unser Hotel erreicht, überlegten welchen Eingang wir nehmen sollten, und entschieden uns für den Rückwärtigen. Dadurch mussten wir nicht an den stinkenden Zimmern vorbei. Es reichte, wenn wir daran vorbei müssen auf dem Weg zum Essen.

Das Salzwasser haben wir uns erst beim Duschen abschrubben müssen. Nachdem wir uns frisch gemacht hatten, gingen wir zu unserer Verabredung. Zum Abendessen trafen wir uns mit Paul und Paula und waren überrascht, dass an einem Tisch, hinten in der Ecke, zwei unserer Heinzelmännchen saßen, natürlich wie immer desinteressiert.

Während des Essens ließen wir den Tag Revue passieren. Ich musste Paul nochmals genau erklären wie es dazu kam, dass ich meinen Vater ausfindig machen will. Wir beschlossen dann den Ausflug in das kaukasische Dorf. Das wollten wir selbst organisieren und uns die Kosten dafür teilen.

Morgen werden wir unsere neuen Freunde in der Eisdiele fragen, ob sie einen Tipp für uns haben, wie wir das bewerkstelligen sollen.

Aus den Augenwinkeln beobachtete ich, dass die Aufpasser immer aufmerksamer wurden. Unsere Unterhaltung war ja auch nicht gerade leise, denn wir sprachen noch mit den anderen deutschen Urlaubern von Tisch zu Tisch. Erst waren sie überrascht, stimmten dann doch zu, diesen Ausflug mit uns zu wagen. Bedenken hatten sie nur, dass wir uns dort nicht verständigen können. Als ich ihnen aber sagte: „Wenn alle Stricke reißen und sie uns nicht verstehen, versuche ich es mit Englisch, für kleine Bestellungen wird mein Englisch schon reichen. Wenn nicht, reden wir mit Händen und Füßen, das klappt immer."

Sofort waren 15 Deutsche bereit mit uns zusammen ins kaukasische Dorf zu fahren. Ich gab ihnen zu verstehen, dass der genaue Termin in den nächsten zwei Tagen feststehen würde, ich wollte mich vorher bei Victor schlau machen.

Dabei fiel mir auf, dass die Heinzelmännchen schon mehrere Male die Oberaufsicht Natascha an ihren Tisch gerufen und sich intensiv mit ihr unterhalten haben. Natascha allerdings zuckte immer nur mit ihren Schultern, als wüsste sie nichts.

Es wurde ein langer, lustiger und gemütlicher Abend. Krimsekt und Wodka wurde getrunken und die deutschen Urlauber hatten Spaß. So nach und nach löste sich die Gruppe auf und ging schlafen. Beim Frühstück, am nächsten Morgen, wurde ich schon mit Fragen bombardiert wann es denn losgehen solle. Ich musste ihnen klar machen, dass ich vielleicht heute mehr erfahren würde.

In die Eisdiele konnten wir vor 11 Uhr nicht gehen. Wir beschlossen einen Spaziergang entlang der Uferstraße zu machen. Südlich von Sotschi, noch hinter dem Strandbad, lag eine große Halle in der die Sportveranstaltungen stattfanden. Auch der Drei-Länderkampf im Trampolinspringen zwischen der UDSSR, Kuba und der BRD. Das wollten wir uns ansehen.

Während wir weiter auf der Uferpromenade schlenderten, sahen wir in verschiedenen Abständen im Boden eingelassene Schachbretter, mit kindergroßen Schachfiguren. Für die Zuschauer waren Sitzgelegenheiten vorhanden, damit sie den Verlauf des Schachspiels genauestens verfolgen können. Es spielten alle Altersgruppen, sogar ganz junge mit älteren Russen. Auch Frauen waren beteiligt. Ich habe irgendwann einmal gelesen, dass das Schachspiel eine Art Volkssport in der UDSSR sei.

Wir setzten uns und sahen den Schachspielern zu. Ich konnte zwar Schach spielen, aber nicht so toll, doch es war interessant deren Spielzüge zu sehen. Dabei ruhten wir uns immer etwas aus und genossen den Tag. Auf unserem Weg nach Süden erreichten wir dann den Kurbereich. Die Gegend wurde hügeliger und an den Hängen standen schöne, große, imposante Kurkliniken.

Zu einigen von ihnen führten Seilbahnen hinauf oder Lifte, manche waren nur über Treppenstufen zu erreichen. Es gab wohl keine Möglichkeit diese Häuser mit dem Auto anzufahren. Diese Kliniken waren nur für die reichen Russen, Oligarchen oder Politiker sowie Diplomaten bestimmt. Vielleicht konnten sogar ausländische, befreundete Staatsmänner in diesen Kurkliniken behandelt werden.

Frech und unbeschwert sind wir mit einer Seilbahn einfach zu einer Klinik hinaufgefahren und wollten testen, ob sie uns auch tatsächlich ins Haus lassen. Wir waren neugierig wie es da drin aussah. Wir hatten Glück, das Personal war sehr freundlich und sie ließen uns sogar in die Eingangshalle. Sie erzählten uns, dass Stalin und Breschnew hier über einige Jahre Stammgäste waren.

Erst jetzt fiel uns auf, dass das Personal während unserer Besichtigung mit uns Deutsch sprach. Herzlich bedankten wir uns und fuhren mit der Seilbahn wieder hinunter, machten uns auf den Weg zur Strandpromenade und auf den Heimweg. Für heute hatten wir genug Kultur! Unser Ziel war wieder die kleine Eisdiele. Heute haben wir noch keine Heinzelmännchen gesehen. Sollten sie uns verlassen haben? Glauben konnten wir das nicht. Und siehe da, sie lungerten wieder im Park und in der Nähe der Eisdiele herum.

Ich hatte den Eindruck sie warteten schon auf uns. Nur warum sind sie uns nicht gefolgt auf dem Weg in das Kurklinik-Viertel? Das machte mich stutzig. Durften sie sich dort nicht sehen lassen? War der südliche Teil Sotschi´s für Heinzelmännchen vielleicht Sperrzone? Wollten die Diplomaten und deren Gefolge dort nicht überwacht werden?

Ich beschloss, unsere russischen Freunde, Victor und Pjotr danach zu fragen, denn in die Eisdiele kamen sie ja auch nicht hinein. Diese war natürlich wieder proppenvoll. Kein Platz mehr frei, nur an der Bar waren noch freie Sitze. Victor und Pjotr waren aber nicht da. Beim Barkeeper Waldemar erkundigten wir uns nach ihnen, er wusste aber auch nichts.

Wir unterhielten uns, und Waldemar fragte, ob wir mit dem Hotel zufrieden sind. Er könnte sich vorstellen, vielleicht auch einmal in einem Urlauberhotel zu arbeiten. Sein Vorteil sei, er spräche fließend Deutsch, und als Barkeeper wäre er der Richtige für ein Hotel dieser Größe. Wieso er denn so gut Deutsch spricht wollten wir von ihm wissen. Seine Vorfahren seien deutscher Abstammung und seine Großeltern und Eltern haben zu Hause immer Deutsch gesprochen. Da hatten wir die Erklärung. Von jetzt an gab es noch einen Gesprächspartner, den wir fragen konnten.

Im weiteren Gespräch fragte ich ihn, ob er sich an die erste Mondlandung der Amerikaner erinnern könne, und das die UDSSR mit USA eine gemeinschaftliche

Weltraummission gestartet haben. Danach soll in Sotschi ein Denkmal stehen, als Erinnerung an die Raumfahrt. Ob er wüsste, wo wir das Denkmal finden könnten.

Waldemar brauchte nicht lange überlegen, das Denkmal des Kosmonauten und Astronauten steht mitten in der Stadt, in einem Park. Viele in- und ausländische Besucher fragen danach und wollen es besichtigen. Wenn wir es sehen wollten, sollten wir aber vorsichtig sein, die Heinzelmännchen kennen dort keinen Spaß und kontrollieren jeden der sich dem Denkmal nähert.

Von den Heinzelmännchen hatte er also auch schon gehört. Jetzt wollten wir von ihm wissen, warum es in Sotschi so viele davon gibt, und wie man sie unterscheiden kann. Und warum ist die Eisdiele für sie eine Sperrzone? Seine Erklärungen konnten wir erst nicht glauben: „Die Aufpasser, die jeden Besucher beobachten, sind keine Russen. Es sind DDR-Agenten, die in Sotschi eingesetzt werden um deutsche Urlauber auszuspionieren. Dabei gehen sie äußerst geschickt vor.

Sie geben sich als Russen aus, denn Russisch war in der DDR Pflichtfach in der Schule. Sie versuchen so, mit West-Deutschen ins Gespräch zu kommen, und zeichnen diese Gespräche sogar auf, die sie dann ihren Vorgesetzten übergeben. Diese haben dann zu entscheiden, ob die Aufzeichnungen für sie von Nutzen sind.

Manchmal werden deutsche Urlauber von der Polizei daraufhin verhört, und sie drohen mit Ausweisung. Wichtig für sie ist, herauszubekommen wie die West-Deutschen ticken. Andere Heinzelmännchen sind darauf spezialisiert, Urlauber in eine Falle zu locken. Sie versuchen die Urlauber zum Schwarz-Tausch: Rubel für D-Mark zu überreden, wobei der Kurs des Rubels viele schwach werden lässt.

Er meinte weiter: „Es ist strengstens verboten, privat Geld zu tauschen um einen besseren Umtauschkurs zu bekommen. »Kapitalistische« Währungen dürfen nur an den offiziellen Umtauschstellen getauscht werden. Urlaubern, die trotzdem schwarz tauschen, um einen besseren Kurs zu bekommen, drohen sehr hohe Strafen, und die Heinzelmännchen bekommen dann dafür eine Prämie, wenn sie Leute beim »Schwarz-Tauschen« erwischen. Dann gibt es die normalen Wachmänner, die alles beobachten was eigentlich Aufgabe der Polizei ist. In Sotschi ist ihr Aufgabengebiet erweitert, vergleichbar mit der Stasi in der DDR.

Und dann gibt es noch die speziellen Heinzelmännchen, die sich immer im Hintergrund halten. Sie sollen überhaupt nicht auffallen und werden nur auf Urlauber angesetzt, bei denen sich vermuten lässt, dass sie in irgendeiner Weise mit Politikern oder Diplomaten und sonstigen Würdenträgern in Verbindung zu bringen sind. Das sind diejenigen, die auf euch angesetzt sind. Ihr seid in deren Netz gefallen als ihr die UDSSR betreten habt.

Einer von Euch ist so interessant, genauer beobachtet zu werden. Diese Eisdiele ist denen ein Dorn im Auge, aber sie trauen sich nicht mehr hier hinein. Vor einiger Zeit sind zwei von ihnen in der Eisdiele regelrecht verprügelt worden. Alle Besucher wurden vernommen. Die Heinzelmännchen aber konnten niemanden beschuldigen, sie haben was »auf die Augen« bekommen, konnten also niemanden erkennen. Seit der Zeit ist die Eisdiele agentenfreie Zone."
Von Waldemar waren wir jetzt genau unterrichtet. Während der nächsten beiden Tage haben wir nichts von Victor und seinem Kumpel gehört.

In Sotschi war es so warm, dass wir von morgens bis spät abends im Strandbad waren und die Tage in der Sonne genossen.

Abends, im Hotel angekommen, wurden wir schon an der Rezeption mit einer Nachricht überrascht. Uns wurde ein Umschlag übergeben, in dem wir 4 Eintrittskarten fanden, für den am nächsten Nachmittag stattfindenden Trampolin-Wettkampf der drei Nationen. Der Absender dieser Nachricht war unbekannt, der Umschlag war anonym abgegeben worden.

Vorstellen konnten wir uns, dass Victor oder Pjotr dahinter steckten. Gefreut haben wir uns sehr darüber, so hatten wir das Eintrittsgeld gespart. Am nächsten Nachmittag gingen wir alle gemeinsam zur Sportarena und staunten nicht schlecht, als wir Sitzplätze bekamen, von denen wir den besten Blick auf die Wettkämpfe hatten.

Einen Trampolin-Wettkampf haben wir noch nie gesehen. Es war wirklich interessant, das sahen wir auch an der Begeisterung der Zuschauer. Was uns da an Akrobatik geboten wurde, war nicht zu übertreffen. Die Präzision und Kraft der Sportler war beeindruckend. Der Wettkampf und die Atmosphäre waren einmalig. Gewonnen haben ihn die Kubaner. Eine rundum gelungene Veranstaltung, die mehrere Stunden dauerte.

Erst gegen Abend kamen wir wieder zurück ins Hotel. Ich war aber vorher noch in der Eisdiele, um vielleicht Victor oder Pjotr zu sehen. Die Karten für die Veranstaltung muss von beiden gekommen sein und ich wollte wissen, wieso und warum. Ich war enttäuscht als ich sie nicht antraf. Auf Nachfrage gab mir Waldemar zu verstehen, ich solle doch etwas warten, sie würden bestimmt gleich hier auftauchen. Also beschloss ich zu warten.

Er sollte Recht behalten, denn nach kurzer Zeit kamen sie und wir begrüßten uns herzlich. Auf meine Frage, ob sie die Einladung im Hotel abgegeben hatten, wollten sie mir nicht antworten. Sie taten so als wüssten sie von nichts. Ich ließ aber nicht locker, bedrängte sie wieder und wieder, zum Schluss kamen sie dann mit der Wahrheit heraus.

Sie hätten gar keine Möglichkeit an Karten für solch einen Wettkampf zu kommen. Das hatten wir der Initiative meines unbekannten Vaters zu verdanken. Als Diplomat war es wohl für ihn leicht die Einladungskarten zu besorgen. Da er nicht auffallen durfte, musste es so geheim geschehen wie es eben geschah.

Weiter wollte Victor von mir wissen, ob es uns möglich ist morgen noch einmal zu der Kurklinik zu kommen. Dort will mein Vater mit uns in Verbindung treten. Es wäre sehr wichtig, aber darüber dürften wir mit niemandem sprechen. Für meinen Vater ist es sehr gefährlich mit uns gesehen zu werden. In der Kurklinik wären wir sicher, denn diese hat meinem Vater viel zu verdanken.

Deshalb auch das absolute Vertrauen in die Klinik und das Personal. Zum Abschluss meinten sie noch, wir sollten unseren Pass nicht vergessen, zur Identifizierung. Das Personal in der Klinik sei sehr vorsichtig und misstrauisch. Natürlich war ich sofort einverstanden und versprach ihnen, dieses sofort mit meiner Frau zu bereden.

Das ist die beste Gelegenheit meinen Vater kennenzulernen, und die musste ich wahrnehmen. So nach und nach merkte ich, dass ich immer aufgeregter wurde. Niemals hatte ich zu hoffen gewagt, so schnell mit ihm in Kontakt treten zu können. Als ich dann im Hotel pünktlich zum Abendessen eintraf, berichtete ich den Dreien was ich in der Zwischenzeit in der Eisdiele erfahren hatte. Meine Frau war ganz aufgeregt, Paul und Paula allerdings wollten nicht mitgehen, sie meinten, das sei persönlich und da hätten sie nichts zu suchen.

Das konnte ich nicht einsehen. Mit beiden im Schlepptau würde man denken, dass unser Besuch nur eine einfache Besichtigung ist. Da gaben sie mir Recht und so fieberten wir dem nächsten Tag entgegen.

Nach dem Frühstück machten wir uns auf den Weg in das Kurviertel. Meine Frau musste mich immer wieder bremsen, denn unmerklich beschleunigte ich meine Schritte. Ich war total angespannt und aufgeregt. Ich wollte mir nur nichts anmerken lassen. Meine Aufregung würde man mir ansehen, und das könnte eventuell gefährlich sein.

Als wir dann endlich das Kurviertel erreichten, waren unsere Heinzelmännchen wie vom Erdboden verschluckt. Nirgendwo auch nur ein Zeichen von ihnen.

Mit der Seilbahn fuhren wir hoch bis zum Eingang der Kurklinik, und waren überrascht, vom Klinikchef persönlich begrüßt zu werden. Er lud uns zu Kaffee und Kuchen ein und wir folgten ihm in sein Büro. Meine Gedanken überschlugen sich, denn es dauerte mir alles zu lange, ich war sehr aufgeregt und wollte wissen was jetzt geschieht.

Nach einer Weile wollte der Direktor mit uns nochmal einen Rundgang durch die Klinik machen. Vorher bat er um unsere Reisepässe. In der ganzen Aufregung vorher, hatten wir überhaupt nicht daran gedacht, sie uns im Hotel geben zu lassen. Er bestand aber darauf sie zu sehen.

Was wir nicht wussten, unsere Reisepässe hätten wir während des Urlaubs in Sotschi auf keinen Fall ausgehändigt bekommen. Sie waren im Hotelsafe sicher und würden uns erst wieder bei der Abreise zurückgegeben. Wir mussten ihm sagen, dass wir die Pässe vergessen haben, worauf er erschrocken war. Damit hatte er nun nicht gerechnet. Waren die Pässe die Eintrittskarte zu meinem Vater?

Wie aus weiter Ferne hörte ich ihn dann sagen: „Es tut mir sehr leid, aber ohne Einsicht in die Reisedokumente darf ich sie nicht weiter in die Klinik lassen. Ich habe meine Anweisungen. Ich benötige sie zur Identifizierung und hoffe doch, sie haben dafür Verständnis."

Unverrichteter Dinge mussten wir daraufhin die Kurklinik wieder verlassen. Meine Frau schaute mich an und tröstete mich mit den Worten: „Sei nicht traurig, vielleicht gibt es noch eine weitere Gelegenheit deinen Vater zu treffen."

Wir hatten gerade das Hauptportal der Klinik verlassen, da drehte ich mich noch einmal um und sah hinter der Fensterfront der obersten Etage einen Mann stehen, der aussah wie ich, nur älter. Das muss mein Vater sein, dachte ich. Ich winkte ihm zu, aber mit keiner Geste erwiderte er meinen Gruß. Auf seinem Gesicht glaubte ich aber ein Lächeln zu sehen. Es half mir auch nicht weiter. Andererseits beruhigte es mich doch, hatte ich jetzt für mich die Gewissheit: „Meinen Vater gibt es wirklich!"

Mit einem guten Gefühl gingen wir wieder zurück in Richtung Hotel. Ich wollte aber vorher noch in die Eisdiele, und sehen, ob ich nicht Victor oder Pjotr treffe. Ich hoffte einen der beiden zu sehen, und so war es dann auch. Pjotr wartete schon auf mich und wollte von mir wissen, warum wir die Pässe nicht dabei hatten.

Dass die Pässe während unseres gesamten Aufenthaltes unter Verschluss waren, wusste er nicht. Dann meinte er nur, wir sollten einen Augenblick warten, er käme gleich zurück.

Für uns vier bestellte er eine Runde Wodka zur Beruhigung. Es dauerte nicht lange, da schob er mir einen Zettel zu und meinte: „Du wolltest doch sicherlich noch einen Besuch im kaukasischen Dorf machen, stimmt doch, oder?

In zwei Tagen ist es die beste Zeit dort hin zu fahren. Von der Basilika fährt ein Bus direkt zum kaukasischen Dorf. Ich warte dort auf dich, bring deine Frau und Freunde mit, das ist besser so! Bestell dir aber auf keinen Fall ein Taxi, denn hier ist in jedem Taxi eine geheime Abhöranlage installiert. Mit dem Bus bist du auf der sicheren Seite."

Daraufhin verabschiedete ich mich von ihm, ging ins Hotel und erzählte meiner Frau von Pjotr. Sie war sofort damit einverstanden und während des Abendessens besprachen wir mit den anderen deutschen Urlaubern die Busfahrt ins kaukasische Dorf.

Es wurde wieder ein feucht-fröhlicher Abend bei Bier, Wein, Sekt und Kaviar. Wir beschlossen, morgen einen ersten Testausflug mit dem Bus zu unternehmen, zu einer in der Nähe liegenden Schwefelquelle. Wenn das funktionieren würde, stünde für das kaukasische Dorf nichts mehr im Weg, dachten wir.

Der Tagesausflug verlief wie am Schnürchen. Der Bus brachte uns mitten in den Wald zu der Schwefelquelle. Je näher wir der Quelle kamen, desto unangenehmer wurde der eklige Schwefelgestank. Es soll sogar als Heilquelle dienen wurde uns gesagt, doch das wollte niemand von uns ausprobieren. Wir wunderten uns alle, dass sehr viele Russen die Quelle besuchten und sich sogar mit dem Quellwasser die mitgebrachten Flaschen füllten. Nur wozu war das gut? Trinken konnte man das schwefelhaltige Wasser bestimmt nicht.

Einige Male wurden wir auch von Fremden angesprochen, konnten sie aber nicht verstehen. Als sie merkten, dass wir Westdeutsche waren, versuchten sie uns in Tauschgeschäfte zu verwickeln. Alles was wir hatten, wollten sie tauschen. Wir verstanden nur nicht, was sie uns dafür geben wollten, deshalb wurden die Sachen verschenkt. Einige konnten ein paar Brocken Deutsch, der Rest versuchte es mit Händen und Füßen. Zeichensprache war angesagt.

Von Paul wollten sie sein Oberhemd, er sollte es doch gleich an Ort und Stelle ausziehen. Sie waren ganz wild darauf. Von einigen Frauen wollten sie sogar deren Strumpfhosen haben. Manche zogen sie auch aus und tauschten damit. Auch vor BH`s machten sie keinen Halt. Uhren, Brillen, Regenschirme, sie konnten aber auch wirklich alles gebrauchen.

Als wir den Bus am Hotel wieder verließen, waren vereinzelte Mitfahrer nur noch halb angezogen. In diesem Aufzug gingen wir dann alle in die Eisdiele und lachten uns halb scheckig. Die dortigen Gäste staunten nicht schlecht über uns.

Waldemar hatte uns genau beobachtet und gab mir einen Wink, ihm zu folgen. Auf der Toilette machte er mir einen Vorschlag für ein Tauschgeschäft. Er hatte unseren Gesprächen entnommen, dass meine Frau gerne russischen Kaviar mag, der aber für uns unerschwinglich sei. (Dabei hat sie erst einmal im Leben den echten russischen Kaviar hier in Sotschi gegessen.) Besorgen könne er mir genug, immer in 1 kg Dosen. Was wir ihm dafür geben würden, er nähme alles. Das dürfe aber niemand wissen.

Ich wollte es nicht glauben und erklärte ihm, ich müsse darüber mit meiner Frau und den anderen reden. Wir sollten es uns überlegen, und ihm morgen sagen ob wir damit einverstanden sind, und welche Menge er besorgen soll. Als ich das meiner Frau und den anderen sagte, waren die meisten dazu entschlossen. Es wurde überlegt was man noch entbehren konnte, denn sie hatten ja schon einiges verschenkt. Am Ende des Abends blieben aber nur wir vier übrig, die noch tauschen wollten.

Je 1 kg Kaviar für Paul und mich. Wir wussten nicht wie wir den Kaviar verpacken sollten und beschlossen, morgen nochmals in die Stadt zu fahren um ein Glas mit Schraubverschluss zu kaufen. Eine andere Möglichkeit, den Kaviar zu transportieren, sahen wir nicht. Was Kaviar in der Sowjetunion kostet, hatten wir schon einige Tage vorher im Hotel-Shop gesehen, da war es natürlich für uns reizvoll, ihn für ein paar Klamotten oder Krimskrams einzutauschen.

Wie wir ihn dann aber mit nach Deutschland nehmen sollen, machte uns schon Kopfzerbrechen. Waldemar wollte ihn uns, original verpackt, in einer Kilo-Dose mitgeben. Damit wir auch unbeschadet durch den Zoll und nach Deutschland kommen, sollten wir uns Butter besorgen und den Kaviar damit bedecken. Dadurch würde er sich ganz sicher ungekühlt bis zum nächsten Tag halten.

Nach dem Frühstück, am nächsten Morgen, machten wir uns auf den Weg in die Stadt. Damit wir nicht total kaputt dort ankamen, stiegen wir in den nächsten Bus. Der Einstieg war im hinteren Teil des Busses. Wir wussten im überfüllten Bus nicht, wie wir den Fahrschein lösen sollten.

Durch die Fahrgäste konnten wir uns nicht nach vorne zum Fahrer drängeln. Die Fahrgäste gaben uns zu verstehen, wir sollten ihnen das Geld geben und sie würden es weiterreichen zum Fahrer. Es waren nur einige Kopeken zu zahlen. Wir hatten aber nur Rubel in Scheinen. Egal, dachten wir und gaben den Mitfahrern das Geld, das sie weiterreichten. Auf seltsame Weise kamen dann das Wechselgeld, und die Fahrscheine, zu uns zurück. Mit allem hatten wir gerechnet, nur nicht mit der Ehrlichkeit der Fahrgäste.

In der Stadt hielten wir Ausschau nach einem Warenhaus, das wir nach langem Suchen endlich fanden. In den Regalen standen jede Menge Gläser, es waren riesige 2-Liter-Gläser, gefüllt mit Gurken, Paprika, Tomaten. Außer frischer Ware standen auch Einmachgläser in allen Größen in den Regalen. Wir kauften zwei kleinere Gurkengläser, wollten die Gewürzgurken bis zu unserer Abreise noch essen, das Glas heiß ausspülen und den Kaviar dann darin mitnehmen. Oben drauf kommt die Butter, die wir uns vom Frühstück mitnehmen würden. Wenn das stimmt, was Waldemar sagte, dann hätten wir durch die Butter eine gute Konservierung des Kaviars. Wir hofften vom Zoll nicht erwischt zu werden.

Auf dem Rückweg zu unserem Hotel ließen wir uns Zeit, machten hier und dort eine kleine Pause, als Wegzehrung dienten die Gewürzgurken aus dem Glas. Wenn wir so weitermachen, haben wir das Glas vor Erreichen des Hotels leer gegessen.

Der heutige Tag war sehr heiß und durch die Gewürzgurken bekamen wir ordentlich Durst. Bis zur rettenden Eisdiele, und einem kühlen Getränk, war es nicht mehr weit. Kurz vor der Eisdiele stand ein Karren mit einem Fass, ähnlich einem Jauchefass. Dahinter sahen wir einige Russen in einer Schlange stehen, bewaffnet mit Gläsern, Töpfen und Krügen. Irgendetwas musste es dort zu trinken geben.

Beim Näherkommen konnten wir die Aufschrift auf dem Jauchefass lesen, „Kwass". Das kühle, leckere Kwass. Sofort stellten wir uns ans Ende der Schlange, warteten bis wir an der Reihe waren, und jeder von uns einen halben Liter Kwass bekam. Das war in diesem Moment die richtige Erfrischung für uns.

Hinter dem Fenster der Eisdiele sah ich Victor, der uns zu sich winkte. Er wollte nur wissen, ob mit morgen alles klar sei. Ich konnte ihm zusagen, dass wir morgen Nachmittag mit dem Bus zum kaukasischen Dorf fahren wollen. Als er das hörte, war er beruhigt und wollte die Information weitergeben.

Dann sah er die Gurkengläser, lachte und meinte: „Hat Waldemar es doch geschafft euch seinen Kaviar anzudrehen?" Wir nickten nur, er erinnerte uns nochmals daran, sehr vorsichtig zu sein. Beim Abendessen im Hotel erkundigten wir uns, ob es bei dem Ausflug unserer Gruppe morgen blieb, und gingen früh ins Bett.

Am Nachmittag des nächsten Tages trafen wir uns alle vor der Basilika und stiegen in den Bus zum kaukasischen Dorf. Beim Fahrer erkundigten wir uns, wann der letzte Bus zurück fährt. Da er uns nicht verstand, redeten wir mit Händen und Füßen. Zum Schluss versuchte ich es mit Englisch, und siehe da, es funktionierte.

Einige Hundert Meter vor dem kaukasischen Dorf war für uns Endstation. Den Rest mussten wir zu Fuß gehen. Die Überraschung war groß, denn wir wurden schon erwartet. An einem langen Tisch nahmen wir Platz und wurden nach unseren Wünschen gefragt. Wie vermutet, verstand uns weder der Kellner, noch wir ihn.

Alle schauten mich an, und ich beschloss die Sache in die Hand zu nehmen. Als erstes besorgte ich Papier und Kugelschreiber, und bat jeden seine Getränke und Essenswünsche aufzuschreiben. Mit meinen bescheidenen Englischkenntnissen versuchte ich dem Kellner zu erklären, wer und was jeder bestellen wollte.

Auf seinem Gesicht las ich: ok, das habe ich alles verstanden.

Das dachte ich aber auch nur! Nach kurzer Zeit kam er wieder zu mir und hatte noch Fragen zu meiner Essens-Bestellung, anscheinend war doch nicht alles verstanden worden. Zu unserer Überraschung kamen schon die Getränke, bis auf kleine Verwechslungen war aber alles in Ordnung.

Für die Speisen war der Grillmeister zuständig, auch das funktionierte. Anscheinend hatte er mein Englisch doch richtig verstanden. Es wurde ein lustiger Abend. Die Gäste wurden zusehends lauter und der Alkohol tat sein Übriges. Währenddessen hielt ich Ausschau nach meinem Vater und den beiden Russen aus der Eisdiele. Es war aber niemand zu sehen. Langsam wurde ich ungeduldig.

Es kam der Zeitpunkt zum Aufbruch, wollten wir doch den letzten Bus zum Hotel noch erreichen. Ich ließ mir die Rechnung geben, und meine Frau sammelte von allen dementsprechend die zu zahlenden Rubel ein. Nachdem wir bezahlt hatten, verabschiedeten wir uns vom Kellner mit einem guten Trinkgeld, gingen mit nicht mehr so festem Schritt Richtung Bushaltestelle. Der Abend im kaukasischen Dorf hat allen gut gefallen. Während der Rückfahrt im Lumpensammlerbus kamen wir einheitlich zu dem Schluss, so einen Ausflug kann man auch ohne Reiseleitung viel billiger haben als angeboten.

Schade nur, dass ich mein eigentliches Ziel, meinen Vater zu treffen, nicht erreicht habe. Am nächsten Tag wollte ich in die Eisdiele und mich bei Victor oder Pjotr erkundigen, was denn passiert war, und warum das Treffen mit meinem Vater nicht zustande kam. Ich traf aber nur Waldemar an, der mich schon aufgeregt fragte, was wir zum Tausch für den Kaviar anbieten.

Wir verabredeten uns im Park. Mit Paul und Paula, und einer großen Plastiktüte, machten wir uns gegen Abend auf, zum Treffpunkt in den Park. Bei dieser Aktion hatten wir alle ein mulmiges Gefühl und trauten der Sache nicht so recht. Deshalb trennten Paul und ich uns von beiden Frauen, die wir alleine ließen mit den Tauschsachen.

Wir stellten uns getrennt voneinander, am Ende des Parks auf und beobachteten von weitem, was geschehen würde. Sollten irgendwelche verdächtigen Personen mit Mantel und Hut auftauchen, würden wir unseren Frauen ein Zeichen geben, um die Tauschaktion abzubrechen.

Es kam aber nur Waldemar. Von möglichen Aufpassern war nichts zu sehen. Die Frauen gaben Waldemar die Plastiktasche und er verschwand schnell damit. Sollte er mit unseren Sachen einfach auf Nimmerwiedersehen verschwinden? Dann hätten wir Pech gehabt! Den Frauen hatte Waldemar aber gesagt, dass er den Kaviar erst noch aus seiner Wohnung holen müsse, wir sollten doch mitkommen. Das allerdings wollte keiner. Wer weiß, was uns dort erwarten würde.

Ein Mitgehen hatten sie verneint und darauf vertraut, dass Waldemar auch wiederkommt. In der Tüte waren keine Reichtümer, die hätten wir gut und gerne verschmerzen können. Zwei alte Knirpse, eine Tube Waschpulver, einige Nylonstrümpfe, gebrauchte Hemden und T-Shirts, gebrauchte Sandalen und noch einige Kleinigkeiten.

Nach einer Weile des Wartens, wir wollten schon die Aktion abbrechen, da tauchte Waldemar wieder mit der gleichen Plastiktüte auf und übergab sie den Frauen. Es sollte so aussehen als wäre nichts gewesen. Er war doch wiedergekommen, wer hätte das gedacht?

Mit der Plastiktüte kamen die Frauen dann direkt zu uns. Wir trauten unseren Augen nicht, es waren wirklich zwei blaue, ein Kilogramm schwere Alu-Dosen, mit Kaviar gefüllt. Die Dose bestand aus Ober- und Unterteil und war mit breitem Gummiband abgedichtet. Das öffneten wir vorsichtig, um nachzusehen, ob auch wirklich Kaviar drin war. Waldemar hatte uns also nicht betrogen. Jetzt heißt es nur noch, durch den russischen und deutschen Zoll zu kommen, ohne aufzufallen.

In der Zwischenzeit war Waldemar verschwunden. Während wir noch den Inhalt der Plastiktasche bestaunten, hatte er sich heimlich und unbemerkt entfernt. Wir gingen ins Hotel um alles für den morgigen Abflug vorzubereiten.

Den Kaviar füllten wir in das Glas und obendrauf die Butter. Meine Frau musste natürlich erst den Kaviar probieren. Dann stellten wir das Glas bis zum morgigen Tag in den Kühlschank und hofften, es würde kalt genug bleiben auf dem Rückflug. Nach einem ausgiebigen Frühstück am Abreisetag, wurden wir mit dem Bus zum Flughafen gebracht, und hofften nicht mit dem Kaviar erwischt zu werden.

Es war wieder eine kleine Maschine die uns bis auf die Krim flog. In der Maschine war die Hölle los. Mit uns zurück flog auch eine Fußballmannschaft aus der Nachbarstadt. Wir hatten sie total vergessen. Sie hatten sogar in unserem Hotel gewohnt. Jetzt aber, in der Maschine, ließen sie die „Sau" raus. Sie sangen oder grölten was die Lungen hergaben. Mit Alkohol wurde nicht gespart, sie hatten genug Wodka und Bier dabei. Die leeren Flaschen kullerten durch den kleinen Flieger. Den Piloten machte das anscheinend nichts aus. Sie waren so etwas wohl gewöhnt.

Ich hing meinen Gedanken nach und überlegte, wie ich Kontakt zu meinem Vater aufnehmen solle. In Sotschi hat es nicht geklappt. Telefonieren konnte ich nicht mit ihm, und schreiben war auch nicht möglich. Meine Gedanken wurden immer wieder durch das Gewitter unterbrochen, welches wir durchflogen. Um uns herum war ein Höllenlärm. Zum ersten Mal sah ich über den Wolken noch ein zweites Gewitter. Da wir keine Angst davor hatten, war das ein besonderes Ereignis.

In Sewastopol, auf der Krim, mussten wir in die Maschine nach Deutschland umsteigen, hatten ungefähr zweieinhalb Stunden Flug vor uns, bis wir in Frankfurt landen würden. Vor dem Zoll in Frankfurt hatte ich den größten Bammel. Was würden sie machen, wenn sie das Glas mit dem Kaviar finden? Beschlagnahmen oder vernichten? Oder dafür eine extra Strafe bezahlen?

Wir hatten Glück!! Sie bemerkten den Kaviar nicht oder wollten es nicht bemerken, was ich eher glaubte. Vielleicht hatten sie auch Mitleid mit uns, denn sie wussten genau, was ein Kilogramm Kaviar kostet, und was wir dafür bezahlt haben. Jedenfalls ging alles gut. Die folgenden Tage waren die Schlimmsten für mich.

Ich hatte mich so darauf eingestellt, Näheres über meinen Vater zu erfahren, aber es sollte anscheinend nicht sein.

Eine große Last fiel dennoch von mir, glaubte ich doch, meinen Vater beim letzten Besuch am Fenster der Kurklinik gesehen zu haben. Das allein beruhigte mich. Meinen Vater gibt es wirklich und er lebt! Ich musste mich damit abfinden.

Vielleicht versucht mein Vater ja auch mit mir in Kontakt zu treten. Wenn nicht, steht für mich jetzt fest, werde ich ihn weiter suchen und bestimmt auch finden.

Ich gab mir selbst das Versprechen: „Ich werde meinen Vater finden, koste es was es wolle und werde ihn treffen!"

Mein Beruf verlangte mir als Betriebsleiter alles ab, und doch half er mir bei der weiteren Suche und Kontaktaufnahme zu meinem Vater.

Mit einem Kunden, russischer Herkunft, hatte meine Firma einen Vertrag geschlossen, über die Herausgabe einer kulturellen Zeitschrift in russischer und ukrainischer Sprache. Der Kunde schrieb seine Artikel in unserem Betrieb auf einem PC, der mit einem Fernschreiber gekoppelt war. Dieser Fernschreiber stanzte alles auf Lochstreifen, unabhängig ob jemand dabei war. Ich hatte mit ihm vereinbart, seine Artikel für den Druckbereich vorzubereiten.

Um die kyrillischen Schriftzeichen zu verstehen, gab er mir eine intensive Einführung in das kyrillische Alphabet. Es war zwar nicht so einfach, aber dadurch kamen wir immer wieder ins Gespräch, und ich erzählte ihm von meinem Besuch in Sotschi, und von der Kurklinik, in der ich glaubte meinen Vater gesehen zu haben.

Mr. Claus, wie ich ihn immer nannte, hatte Verständnis für meine Situation und versprach mir, sich meiner Sache anzunehmen. Große Worte, war mein erster Gedanke. Mit der Zeit merkte ich aber, welchen Bekanntheitsgrad er durch den regen Schriftverkehr mit der UDSSR und der Ukraine hatte. Seine Zeitschriften wurden in diese Länder geschickt. Rückmeldungen und Kommentare wurden in den nächsten Ausgaben veröffentlicht. Es war für ihn scheinbar ein lukratives Geschäft.

Eines Tages kam er ganz aufgeregt zu mir und zeigte mir einen Artikel von einem russischen Diplomaten aus dem Kaukasus. Ein ihm bekannter Diplomat, namens Alexander Michail Cheraskow. Bei diesem hatte er vor vielen Jahren sein Diplom, »im Haus der russischen Künste« in Moskau, gemacht. Er war allerdings der Meinung, dass Alexander Cheraskow schon seit einiger Zeit verstorben war. Jetzt stellte er sich die Frage, ist das ein alter Artikel, oder aber wer hat ihn verfasst?

Da er jedoch das Tagesgeschehen betraf, konnte er nur neu sein. Ich war so erstaunt als er mir davon berichtete, dass ich spontan sagte: „ Das ist mein Vater!" Er schaute mich ungläubig an und verstand die Welt nicht mehr. Was dann geschah, konnte ich wiederum nicht fassen. „Das ist ihr Vater?", hörte ich ihn stammeln. „Ich kenne ihn, er ist in meinem Alter, und vor ungefähr »hundert Jahren« war er mit mir in Maastricht bei der Botschaft. Unglaublich!"

Mr. Claus war total aus dem Häuschen. So kannte ich ihn nicht. Immer besonnen und zuvorkommend. Über diesen Artikel werde ich in der nächsten Ausgabe einen ausführlichen Bericht verfassen! In den darauf folgenden Tagen schrieb Mr. Claus einige Artikel auf dem PC, die ich durch die Lochstreifentechnik für die beiden nächsten Ausgaben für den Druck vorbereitete. Die Zeit verging, nichts geschah, alles verlief normal, die Zeitschrift wurde veröffentlicht.

Eines Tages jedoch kam Mr. Claus nicht mehr. Von einer Todesnachricht hatten wir keine Kenntnis. Viele Anrufe und Nachfragen erreichten uns, das betraf aber nur die weiteren Folgen der Zeitschrift. Wir konnten keine Auskunft geben. Wir wussten selbst nicht was mit Mr. Claus geschehen war, oder wo er war. Deshalb konnten wir die Zeitschrift nicht mehr herausbringen, es fehlte einfach der Redakteur.

Ich hatte von ihm die kyrillischen Schriftzeichen gelernt, konnte sie aber nicht anwenden, und schon gar nicht eine russische oder ukrainische Zeile lesen. So verlief alles im Sande. Mr. Claus habe ich seit der Zeit nicht wieder gesehen. Meine Bemühungen meinen

Vater ausfindig zu machen habe ich aber nicht begraben.

Einmal jährlich sind wir zu unseren „Nichtverwandten" in die DDR gefahren. Bei einem dieser Treffen, haben wir zufällig, auch Kontakt mit einem Beamten der Staatsicherheit gehabt. Es wurde immer hinter vorgehaltener Hand geflüstert, er sei von der Stasi, was wir immer nicht glauben wollten. Nach einiger Zeit hat er es uns aber bestätigt.

Er hätte mit dem operativen Ablauf der Stasi nichts zu tun, er sei nur in der Rechnungsprüfungsstelle. Kontrollieren konnten wir das nicht, aber seine Freunde im Dorf wären nicht mit ihm zusammen, wenn es nicht der Wahrheit entspräche. Von einigen jedoch wurde er gemieden und von den meisten Veranstaltungen ausgeschlossen. Aber, und das muss ich klar sagen, Hartmut ist ein feiner Kerl. Durch Hartmut haben wir dann auch erfahren, dass wir seit einigen Jahren unter ständiger Beobachtung stehen.

Mit uns durfte er nicht über seine Tätigkeit bei der Stasi sprechen, schon gar nicht über Bespitzelung. Bei einem Bier machte Hartmut uns auf zwei Typen aufmerksam, die immer in unserer Nähe waren. Uns waren sie bisher nicht aufgefallen. Und das will schon etwas heißen.

Von Sotschi kannten wir ja die Heinzelmännchen. In der DDR haben wir nicht damit gerechnet, dass harmlose Besucher, und wir dachten das sind wir, heimlich überwacht werden. Wir gaben der Stasi nie Anlass dazu. Weiter berichtete Hartmut, dass die Tochter der Freundin meiner Frau auf uns angesetzt sei, und sie auch den Grenzern damals den Tipp mit der Kristallschale gegeben hatte.

Als wir ihm sagten: „wir haben das vermutet, konnten aber nichts beweisen", meinte er nur: „ich habe die Berichte auf meinem Schreibtisch gehabt, wollte euch damals noch warnen, aber es war zu gefährlich für mich. Ich bin davon überzeugt, dass ich dann im Zuchthaus in Bautzen gelandet wäre. Ich habe doch eine Familie mit zwei kleinen Kindern, das wollte ich nicht gefährden. Aber seid weiter vorsichtig, sie ist immer noch auf euch angesetzt."

Bei einem Spaziergang durch das Dorf machte uns Hartmut auf diese Tochter aufmerksam. Ganz zufällig kam sie vom Einkaufen, wechselte sofort die Straßenseite, auch zufällig! Jetzt hatten wir sie endlich einmal gesehen, und konnten uns in Zukunft vor ihr in Acht nehmen.

Mittlerweile sind weitere zehn Jahre vergangen. Von meinem Vater haben wir leider nichts gehört. Er müsste jetzt achtzig Jahre alt sein, wenn er noch lebt. Immer und immer wieder musste ich an ihn denken. Darum beschloss ich, mit meiner Frau erneut einen Urlaub in der UDSSR zu verbringen. Wir wollten noch einmal nach Sotschi fliegen. Vielleicht kann ich dann meinen Vater sehen. Es muss doch möglich sein, mit ihm in Kontakt zu treten.

In diesem Jahr waren wir vom 19. April bis zum 4. Mai 1986 vierzehn Tage bei unseren Freunden in der DDR, als es einen Unfall in einem ukrainischen Atomkraftwerk, in Tschernobyl gab. Am 26. April 1986 zogen radioaktive Staubwolken Richtung Europa. Halb Europa hätte durch diesen Atomunfall verstrahlt werden können.

Jede Presse berichtete nur noch von dem Unfall. Es gab keine anderen Nachrichten in Ost und West. Wir waren in Thüringen und wollten so schnell wie möglich wieder nach Hause. Direkt hinter der Grenze mussten wir mit dem Auto durch ein Entgiftungsbad fahren, um nicht noch mehr radioverseuchtes Material mit nach Westdeutschland zu bringen.

Durch diesen Atomunfall waren die kommenden Wochen und Monate wenig schön. Überall wurden wir darauf aufmerksam gemacht, dass das Gemüse, Obst, Pilze, sogar die Nutztiere etc. radioaktiv verseucht sein können.

Schreckliche Erinnerungen an die ersten Atombombenabwürfe der Amerikaner, im Jahr 1945 auf Hiroshima und Nagasaki, in Japan kamen auf. Fast jeder hatte Angst, dass er vielleicht später an einer radioaktiven Strahlenvergiftung sterben würde.

Mit den Jahren legte sich aber die Angst, und der normale Alltag hatte uns wieder. Die zahlreichen, glaubwürdigen Berichte in den Medien, ließen den Unfall nicht mehr so schlimm erscheinen. Unseren

Urlaub im nächsten Jahr in Sotschi wollten wir auf jeden Fall machen. Ich verfolgte den Kurs des russischen Rubels in den Zeitungen. Der Rubel verlor immer mehr an Wert. Deshalb ging ich zur Bank, um mich nach dem Umtauschkurs zu erkundigen.

Als ich sah, wie viel Rubel ich für 100 DM bekomme, waren wir uns einig, bei unserer Bank Rubel zu kaufen. Hin und her überlegten wir, wie wir die Rubel mit nach Sotschi nehmen sollten.

Schmuggeln war die einzige Möglichkeit!

In all den Jahren haben wir schon so manches geschmuggelt, es sollte doch auch in die UDSSR möglich sein. Ich hatte eine Idee. Seit meinem Arbeitsunfall musste ich orthopädische Schuhe tragen. Sie sahen etwas klobiger aus als normale Schuhe. Mit einem scharfen Messer trennte ich, von einem älteren Paar, beide Absätze ab.

Darunter war ein Hohlraum, in dem ich die Rubel verstecken konnte. Den Absatz wollte ich dann fachgerecht wieder ankleben. Ich ging davon aus, dass die Russen das nicht bemerken würden. Wir kauften bei der Bank Rubel für 200 DM.

Bei einem offiziellen Umtausch in der UDSSR hätten wir dafür ca. 60 Rubel bekommen. So hatten wir 600 Rubel. Ich faltete die Scheine dass sie in die Absätze passten, nahm Knetgummi und füllte damit den Hohlraum. Einem befreundeten Kegelbruder gab ich die präparierten Schuhe, mit der Bitte, sie sich genau anzusehen. Er war nämlich Schuhmachermeister. Seinem Urteil vertraute ich, denn er fand keinen Unterschied und keine Manipulation. Nachdem ich ihm die Geschichte mit dem Geld erzählte, wollte er es nicht glauben. Jetzt war ich fest entschlossen die Rubel über die Grenze zu schmuggeln.

Unser jüngster Sohn sollte mit nach Sotschi, und ich hatte die Hoffnung, meinen Vater, und er seinen Großvater zu sehen. Um mit meinem Vater Kontakt aufzunehmen, schrieb ich einen Brief an die Kurklinik. Darin teilte ich mit, dass wir im nächsten Jahr mit Sohn noch mal die Klinik besichtigen möchten, in der Hoffnung, mein Vater würde den Hinweis verstehen.

Es wurde aber nichts aus dem Urlaub. Als wir unserem Sohn sagten was wir vorhaben, gab er uns einen Korb und meinte: „Nicht mit mir. Alle Länder um die Ukraine herum sind radioaktiv verseucht, und Tschernobyl liegt in der Nähe des Kaukasus. Da fliege ich nicht mit! Wenn ihr unbedingt dorthin wollt, müsst ihr alleine fliegen!"

Aus der Traum! Das konnten wir endgültig abhaken! Die Rubel waren umsonst gekauft. Unser Sohn ließ sich nicht erweichen. Dann machten wir ihm den Vorschlag, mit uns nach Amerika zu fliegen. Sofort war er Feuer und Flamme. Wir flogen nicht nach Osten sondern nach Westen. Washington-DC und Baltimore war unser Ziel. Eine Rundreise sollte durch einige Staaten der Ostküste gehen. Mit dem Wagen erkundeten wir die Atlantikküste bis hinauf nach New-York-City. Der Urlaub war für uns unvergesslich.

Aber ein Jahr später flog unser Sohn dann doch mit uns nach Sotschi. Den Unfall im Atomkraftwerk in Tschernobyl hatten wir bei Seite geschoben. Es waren in der Zwischenzeit keine gesundheitlichen Schäden in Deutschland festgestellt worden. Der Flug ging wieder von Frankfurt, mit Zwischenlandung auf der Krim nach Adler, dem Flughafen von Sotschi.

Bei der Zwischenlandung in Sewastopol, auf der Krim hatten wir Glück, unsere versteckten Rubel in den Absätzen wurden nicht entdeckt. Aber in das Hotel Primorskaja, wie bei unserem letzten Besuch in Sotschi, kamen wir nicht. Wir wurden in einem neuen Hotel, ganz in der Nähe des Strandbades untergebracht.

Das »Schemschujina« war ein riesiger Hotelkasten mit 13 Etagen. Fast nur ausländische Gäste wurden hier einquartiert. Beim Einchecken an der Rezeption hatte meine Frau entdeckt, dass man auch einen kleinen Kühlschrank für einige Rubel mieten kann. Ohne mit der Wimper zu zucken, hat sie gleich zugegriffen, und ihn gebucht.

Das war auch gut so, denn sie hatten nur zwei Kühlschränke für das ganze Hotel, und einen davon haben wir bekommen. Ohne diesen kleinen Kühlschrank wären wir auch verloren gewesen, denn es war in Sotschi sehr heiß. Subtropische Hitze war angesagt.

Wir hatten in unserem Zimmer eine kaum auszuhaltende Wärme. Im Bad lagen Heißwasserrohre, die durchgehend heiß waren, über Putz und strahlten zusätzlich Hitze ab. Wir hatten aber, dank Kühlschrank, wenigstens kalte Getränke!

Gott sei Dank, wir hatten einen Balkon, mit Aussicht auf das direkt unter uns liegende Schwimmbad. Für unseren Sohn hatten wir ein halbes Zimmer gebucht, das hieß, er musste sich ein Zimmer mit einer weiteren Person teilen. Zum Glück bekam er das Zimmer auf dem gleichen Flur, direkt uns gegenüber. Mit dem anderen jungen Mann in seinem Zimmer käme er wohl zurecht, meinte er.

Während meine Frau die Koffer auspackte, machte ich mich an meinen Schuhen zu schaffen. Die so fein präparierten Absätze wollte ich entfernen, das war aber nicht so einfach. Fast zwei Jahre waren sie schon drauf, und so richtig festgeklebt. Mit Messer und Schraubenzieher schaffte ich es dann, die Absätze zu lösen.

Heraus rieselte Staub gewordenes Knetgummi, und die gefalteten, unversehrten Rubelscheine. Der rote Teppich war übersät mit dem Staub des Knetgummis, egal, ich freute mich riesig über die geschmuggelten Rubel.

Meine Frau holte unseren Sohn dazu, wir wollten ihn überraschen. Er wusste nichts von unserer Schmuggelei. Sein Kommentar als er das sah: „Ich wäre auch sehr verwundert, wenn ihr nicht irgendein Geheimnis hättet! Wie habt ihr das denn gemacht?"

Vom Zwangsumtausch hatten wir ihm erzählt, und er kannte auch den offiziellen Umtauschkurs. Als er aber jetzt hörte, zu welch gutem Kurs wir getauscht hatten, fiel er aus allen Wolken. „Da können wir ja so richtig einen drauf machen und die Sau raus lassen!", war sein Kommentar. Die alten orthopädischen Schuhe wollten wir in einem Gebüsch in der Nähe des Hotels entsorgen. Vielleicht fand ein armer Russe diese, klebte die Absätze wieder drunter und hatte feste Schuhe für sich, dachte ich.

Um einen Überblick des Hotel zu bekommen, beschlossen wir jetzt, dieses zu besichtigen. Gemeinsam machten wir uns auf den Weg zur Rezeption, und hofften, dort eine Info über die Einrichtungen des Hotels zu bekommen.

Kaum hatten wir die Rezeption erreicht, wurde mir von einer netten Dame ein Umschlag übergeben. Ziemlich ungläubig schaute ich sie an. Ich erfuhr, dass der Umschlag vor einer Stunde abgegeben wurde. Das war ja noch vor unserem Eintreffen! Meine Frau sah mir meine Freude an. Ich hatte auf eine Nachricht meines Vaters gehofft, nur dass es so schnell ging, haute mich um.

Das ist das sicherste Zeichen, dass mein Brief an das Kurhotel richtig war, und auch meinen Vater erreicht hatte. Seine Gefolgschaft funktionierte noch. Ich steckte den Umschlag, ohne ihn zu öffnen ein, und wollte ihn erst, wenn wir ganz allein sind lesen. Kein Fremder sollte diese Nachricht sehen.

Den Plan des Hotels sahen wir uns genau an und entdeckten, dass direkt unter der Rezeption, also im Tiefparterre, eine kleine Bar ist. Unser Sohn wollte natürlich sofort hinunter um dort etwas zu trinken. Mit dem Lift fuhren wir eine Etage tiefer und waren erstaunt, wie westlich elegant die Bar eingerichtet war.

Gäste hatten wir zu dieser Zeit nicht vermutet, es war noch früher Nachmittag. Weil auch wir etwas trinken wollten, bestellten wir zur Feier des Tages eine Flasche Krimsekt und Eiswürfel dazu. Unser Sohn aber wollte eine Cola und war überrascht, diese in Russland zu bekommen.

Während wir uns noch über den Flug und das Hotel unterhielten, hatte er eine Bitte: „Ihr habt doch einen fantastischen Umtausch gemacht, könnt ihr mir nicht einige Rubel geben, dann brauch ich euch nicht immer um Geld zu bitten, wenn ich etwas trinken will?" Natürlich war es kein Problem und so gaben wir ihm erst einmal fünfzig Rubel. Mal sehen wie lange das reichen wird, dachte ich.

Den Plan des Hotels sahen wir uns jetzt noch etwas genauer an. Dabei bemerkten wir aber nicht, dass wir beobachtet wurden. Aus den Augenwinkeln sahen wir einen Mann auf uns zukommen. Die Überraschung war groß. Vor uns stand unser russischer Freund aus der Eisdiele, Victor.

Wir sahen in ein strahlendes Gesicht. Sofort sprudelte er los: „Schön, dass ihr wieder hier seid. Jemand, der schon lange auf euch wartet, will euch sehen. Jetzt wo Perestroika und Glasnost in unserem Land gilt und Gorbatschow an der Macht ist", er schaute mich jetzt direkt an, „möchte dein Vater dich schnellstens kennen lernen.

Ich soll euch ganz offiziell einladen, in den nächsten Tagen ins Kurhotel zu kommen. Es ist das gleiche Hotel, in dem ihr ihn zuletzt am Fenster gesehen habt!" Es war nicht zu glauben, mein Vater wollte mich sehen. Gänsehaut pur am ganzen Körper. Sollte es dieses Mal klappen?

Sollte mein Traum tatsächlich Wirklichkeit werden? Ich bat Victor, sich doch zu uns zu setzen, was er auch dankend annahm. Aus Freude bestellte er beim Kellner vier Wodka. „Das muss sein!", war seine einfache Antwort und „Nastrovje!"

Wir schauten unseren Sohn an, er aber machte keine Anstalten den Wodka nicht zu trinken. Er war erst sechzehn, doch Victor meinte: „Einen kann er schon vertragen." Danach verabschiedete er sich und ließ uns wissen, wenn wir zum Besuch bereit seien, sollten wir in die Eisdiele kommen um einen Termin ausmachen. Das war ja eine formelle Einladung, und niemand von uns hatte damit gerechnet.

Erneut schauten wir in den Lageplan und entdeckten im hinteren Teil der ersten Etage den Speisesaal. Dabei merkten wir, dass sich unser Magen meldete und wir Hunger hatten. Dort suchten wir uns einen Tisch.

All-you-can-eat hatten wir gebucht. Das Buffet wollten wir uns erst einmal genauer ansehen. Während wir unsere Teller füllten, unterhielt sich meine Frau mit einem Urlauber. Er war uns schon beim Einchecken in Frankfurt aufgefallen. Da er Single war, setzte er sich zu uns an den Tisch. Er hieß Willi und war ein angenehmer Mensch. Mit ihm gingen wir anschließend in die siebte Etage. Dort gab es einen kleinen Coffee-shop, und wir tranken einen Cappuccino. Willi fragte, ob er sich uns anschließen dürfe, dann wäre er nicht so allein.

Anschließend gingen wir zusammen in die „Devisen-Bar" auf der dritten Etage, um uns auch diese anzusehen. So ganz ohne Hindernis kamen wir dort nicht hinein. Das fängt ja schon gut an, dachte ich. Wir wurden kontrolliert, und mussten unseren Hotel-Ausweis zeigen.

Begreifen konnten wir das allerdings gar nicht. Auf einem Schild an der Eingangstür lasen wir dann auf Deutsch »Eintritt nur mit gültigem Ausweis«. Dort waren nur Gäste aus dem westlichen Ausland und bezahlen konnte man auch nur mit westlicher Währung, deshalb "Devisen-Bar". Schon hatten wir dafür den richtigen Ausdruck gefunden: „Kapitalisten-Bar!"

Wir wollten nicht glauben was wir hier sahen, die Bar war voller Gäste. In der Bar konnte man aber all die Sachen mit Devisen kaufen, wovon die Menschen hinter dem „Eisernen Vorhang" sonst nur träumen konnten. Wir konnten uns nur noch wundern! Unser Sohn hatte sich mittlerweile von uns verabschiedet, er wolle noch in die Keller-Bar, dort gefiele es ihm besser. Rubel hatte er, so dass wir ihn gehen lassen konnten. Verloren gehen konnte er in der UDSSR ja nicht. Erst am nächsten Morgen zum Frühstück sahen wir ihn dann wieder.

Er war begeistert, denn er hatte schon einige Jugendliche in seinem Alter in der Keller-Bar kennen gelernt. Mit denen wollte er sich später am Pool treffen. Dort hin wollten wir natürlich auch. Nach dem Hotel-Plan sollte es kein Problem sein, doch es kam ein wenig anders.

Um von den Umkleidekabinen zum Pool zu kommen, mussten wir ein Hindernis überwinden. Der Weg führte durch ein Wasserbecken, das hüfthoch mit Wasser gefüllt war und von russischen Frauen beaufsichtigt wurde. Wir mussten da durch, für uns gab es keinen anderen Weg. Unsere »Klamotten« sollten nicht nass werden, folglich blieb uns nichts anderes übrig, als sie über den Kopf zu halten. Totaler Schwachsinn.

Nachdem wir dann endlich am Pool angekommen und schon halb nass waren, beschlossen wir, das nicht so ohne weiteres hinzunehmen. Die Poolanlage war nicht gerade groß, und zu allem Übel, das Wasser im Pool, auch noch Salzwasser. Direkt an die Poolanlage angeschlossen die offene Strand-Badeanstalt, die wir schon vor einigen Jahren kennengelernt haben.

Natürlich konnten wir von der Poolanlage ohne Schwierigkeiten durch ein kleines Tor hinüber an den Strand gehen. Die Strand-Badeanstalt hatte sich in den vergangenen Jahren nicht verändert, auch die kleine Strandbar war noch vorhanden. Sogar die dicken, russischen Frauen, in ihren aufreizenden und viel zu knappen Bikinis, holten sich ihren Sonnenbrand. Für mich sah es aus, als wäre ihnen ein Sonnenbrand egal.

In der Strandbar konnten wir uns ein frisch gezapftes Bier gönnen und dann den Tag genießen. Mit anderen deutschen Urlaubern kamen wir ins Gespräch, und hörten an deren Aussprache, dass sie nicht aus Westdeutschland kamen.

DDR-Urlauber haben wir in Sotschi nicht erwartet. Von ihnen erfuhren wir aber, dass sie auch in Sotschi ihren Urlaub verbrachten. Allerdings, in einem so feudalen Hotel seien sie nicht untergebracht, erzählten sie uns. Mit dem Ausspruch „feudales" Hotel hatten wir so unsere Schwierigkeiten. In einem von der DDR angemieteten Ferienheim, ganz in der Nähe, wären sie untergebracht. Weiter meinten sie, dass sie sich viel mehr davon versprochen hätten. Ferienheime in der DDR kannten sie ja, doch das in Sotschi sei das »Allerletzte«.

Mit einer jungen Frau aus Sachsen, sie hieß Erika, haben wir uns sofort blendend verstanden. Sie schilderte uns, wie sie in dem Ferienheim behandelt wurden. Von der angeblichen Freundschaft zwischen den Bürgern der UDSSR, und der DDR, war hier keine Spur zu finden.

In der DDR wurde immer vom »Großen-Bruder-UDSSR« gesprochen. Im Gegenteil: die DDRler waren bei den Russen nicht gerade beliebt. Die Unterkünfte im Ferienheim waren nicht die Saubersten, vom Essen ganz zu schweigen. Erika meinte, dass das Essen noch mieser sei als das »schlechteste« in Ostdeutschland.

Nachdem wir den Nachmittag am Strand des »Schwarzen Meeres« verbrachten, verabredeten wir uns mit den DDRlern für den Abend in unserem Hotel. Wir wollten ihnen einmal zeigen, wie es in unserem Hotel aussah, und sie auf ein Bier in die „Kapitalisten-Bar" einladen.

Nach dem Abendessen trafen wir uns vor dem Hauptportal des Theaters, direkt gegenüber dem Hotel. Auf dem Weg zum Hotel bekamen die DDRler allerdings Angst, mit hinein zu gehen. Wir sahen ihnen an wie unwohl sie sich fühlten. Sie hatten auch keine Ausweise bei sich, die wurden ihnen bei der Ankunft im Ferienheim genauso abgenommen wie uns. Wir Westdeutschen machten uns allerdings nichts daraus. Wir waren es gewöhnt überall frei und ungezwungen aufzutreten.

Das versuchten wir Erika und den anderen zu erklären, indem wir ihnen sagten: „Ihr dürft keine Angst zeigen, selbstbewusst auftreten, und einfach mit uns hinein gehen. Wir haben zwar einen Hotelausweis, doch den zeigen wir dem Pförtner erst gar nicht. Glaubt uns, der fragt uns gar nicht danach!"

Wir gingen schnurstracks auf den Eingang zu, der Pförtner hielt uns freundlich die Hoteltür auf, ich vorneweg und alle im Gänsemarsch hinter mir her. Er kam nicht auf die Idee, uns nach dem Ausweis zu fragen. Erika blieb der Mund offen, das hatte sie nicht erwartet.

Im Hotel sagte sie: „Unglaublich, das haben wir nicht erwartet. Der machte ja gar keine Anstalten uns zu fragen. Habt ihr ihn etwa vorher bestochen?" Ich musste laut lachen: „Warum sollen wir ihn bestechen? Der hat doch vor uns mehr Angst, als wir vor ihm!"

Dann zeigten wir Erika und ihren Freunden unser Zimmer. Als sie das sahen, waren sie überrascht und sagten: „So sieht also ein Luxushotel für euch Westdeutsche aus. Sogar einen Kühlschrank habt ihr. Können wir nicht tauschen?"

Nach der Besichtigung fuhren wir mit dem Fahrstuhl in die dritte Etage zur „Kapitalisten-Bar". Auch hier kamen wir ohne Schwierigkeiten hinein. Die Augen unserer Bekannten aus der DDR wurden immer größer. Was sie hier sahen, war »Internationaler Standard«. Holländischer Kaffee und holländisches Bier, fast alle Getränke der Welt konnte man bestellen, musste sie nur mit harter Währung bezahlen. DDR-Mark oder Rubel waren hier keine Eintrittskarte!

Wir hatten die DDRler eingeladen und alle haben sich gefreut. Ihre Aluchips konnten sie in der Tasche lassen. Es wurde ein langer und feuchtfröhlicher Abend. Für den nächsten Tag verabredeten wir uns wieder in der Strandbar. Wir wollten ihnen dann aber auch den Hotel-Pool zeigen, und dass es für uns unmöglich ist, trocken zu den Umkleidekabinen zu kommen.

Vom Pool waren alle begeistert, als sie aber einmal in den Pool sprangen, waren sie dann doch sehr enttäuscht, es war salziges Meerwasser. Das konnten sie anfangs nicht glauben, sie hatten normales Wasser erwartet, wie es in jedem Freibad üblich ist. Zum Schwimmen gingen sie aber lieber ins Schwarze Meer, das sei schöner und welliger meinten sie.

So wechselten wir den Standort, mal am Pool und mal am „Schwarzen Meer". Am Pool hatten wir als Aufsicht einen Bademeister, der uns mit ein paar Brocken Deutsch überraschte. Auf meine Badelatschen war er besonders scharf. Er versuchte sie mir abzuluchsen, was ihm aber bisher nicht gelang.

Abends wollten wir uns in der Keller-Bar wieder treffen und hofften, dass Erika und ihre Freunde mitkamen. Unser Sohn hatte in der kurzen Zeit schon Freunde gefunden, die er uns in der Keller-Bar vorstellte, unter ihnen waren einige Deutsche, sogar Russen und Engländer.

Um ihn brauchten wir uns nicht kümmern, ab und zu kam er und bat uns um einige Rubel, dann war er wieder verschwunden. Im Schlepptau hatten wir immer »Willi«, der sehr anhänglich war. Durch unseren Sohn Mike lernten wir an diesem Abend noch einen anderen jungen Mann aus Deutschland kennen. Als ich den sah, war mein erster Gedanke: „Das ist ein Loddel!"

Ich sollte Recht behalten, in seiner Begleitung waren zwei sehr junge, hübsche Frauen, die für ihn alles taten und an ihm hingen wie Kletten. Von ihm erfuhren wir dann, dass die beiden aus Lettland stammen, und er sie in Sotschi wieder getroffen habe. Typische Nutten.

Etwas Angst hatten wir um unseren Sohn Mike. Diesen Umgang wollten wir ihm eigentlich ersparen und hofften, dass er sich nicht von dem Loddel beeinflussen ließ. Goldkettchen und -armbänder waren sein Markenzeichen.

Er war nicht gerade der Schönste, aber Geld musste er haben, sonst wären wohl die beiden »Damen« nicht an seiner Seite. Uns bot er gleich ein Geschäft an, D-Mark gegen Rubel zu tauschen. Seine beiden »Turteltauben« haben ihm jede Menge Rubel aus Lettland mitgebracht, die würde er gerne in D-Mark tauschen.

Für nur fünfzig D-Mark würde er uns dreihundert Rubel geben. Das war uns nicht ganz geheuer, doch warum sollten wir den Umtausch nicht machen? Mike brauchte ja immer wieder Rubel in der Keller-Bar, für sich und seine neuen Freunde. Auf der Herrentoilette tauschte ich dann mit dem Loddel einhundert D-Mark in sechshundert Rubel. Das war für uns ein Vermögen.

Ich musste ihm versprechen, es nicht an die große Glocke zu hängen, er hatte auch Angst von der Polizei erwischt zu werden. Im Hotel sei ein neuer Sicherheitsbeauftragter des KGB`s, Wladimir Rubin. Diesen Rubin kennt er auch über seine »Pferdchen«, die für ihn laufen.

Vor ihm selbst habe er keine Angst erzählte er, denn er weiß zu viel von ihm. Über Wladimir Rubin erfuhr ich dann noch, dass er in dubiose Geschäfte verwickelt sei. Seine Kollegen vom KGB dürfen das nicht erfahren.

Durch den günstigen Umtausch brauchten wir ab sofort nicht mehr sparen, denn mit so viel Rubel konnten wir in fast jeder Bar bezahlen, Krimsekt trinken und nach Herzenslust feiern.

Für den nächsten Tag hatten wir uns mit den Ostdeutschen, es waren vier Frauen, Mike und Willi verabredet. Der Ausflug führte uns am Meeres-Ufer entlang in die Innenstadt von Sotschi. Diese wollten wir besichtigen.

In den vergangenen zwölf Jahren hat sich die Uferpromenade, entlang der Schwarzmeerküste, enorm verändert. Was ich hier sah, konnte ich gar nicht glauben. Getränkestände und Fressbuden soweit das Auge reicht. Sofort hatte ich wieder die Gerüche aus dem damaligen Hotel Primorskaja in der Nase. Der gleiche »Gestank« schlug mir hier entgegen. Mir wurde übel von diesen Gerüchen, deshalb wollte ich nur noch weg.

Erst kurz vor dem Hafen von Sotschi konnte ich wieder frei durchatmen. Der Rückweg sollte ein anderer sein. Deshalb gingen wir zurück durch den Park, machten eine Pause in derselben Eisdiele wie vor zwölf Jahren. Ich wollte mich mit Pjotr treffen, einen Termin ausmachen um endlich meinen Vater zu sehen.

Waldemar der Kellner, der uns bei unserem letzten Besuch den Kaviar besorgt hatte, war leider nicht mehr hier beschäftigt. Seinen Platz hatte ein für mich nicht vertrauenerweckender Russe übernommen. Pjotr meinte zwar, wir könnten ihm trauen, doch ich glaubte ihm nicht so ohne weiteres. Damit uns niemand hörte, ging ich mit Pjotr auf die Toilette, um einen Termin für den Besuch bei meinem Vater auszumachen.

Was keiner für möglich hielt, war eingetroffen. Wir acht Deutsche saßen in der Eisdiele und erzählten Geschichten und Anekdoten aus unserem Leben. Dabei floss der Krimsekt in Strömen. Die DDRler hatten Bedenken und waren bei ihren Erzählungen schon etwas vorsichtiger. Sie schauten sich immer wieder um, ob nicht doch jemand von „Horch und Guck" zu sehen war. Ihnen wurde in der DDR immer eingetrichtert: der »große Bruder UDSSR« sei ein Freund. So ohne Wenn und Aber trauten sie dem großen Bruder dann doch nicht.

Ich konnte mit Hilfe von Pjotr alle überzeugen, dass wir hier keine Angst haben brauchten. Als Pjotr sich verabschiedete, nahm er mich noch einmal zur Seite und warnte mich eindringlich. Im Schemschujina sollten wir sehr vorsichtig sein, denn das Hotel stünde seit einiger Zeit unter besonderer Beobachtung eines Russen mit dem Namen Rubin.

Dieser neue Sicherheitsbeauftragte der Stadt sei ein »schlimmer Hund«. Vor seiner Tätigkeit in Sotschi hat er jahrelang in der DDR als Agent des UDSSR-Geheimdienstes in der Nähe von Dresden gearbeitet. Dort war er einer der »meist gehassten« Agenten, gefürchtet und unbeliebt.

Irgendwie hatte Erika einige Wortfetzen unseres Gespräches mitbekommen und von Pjotr den Namen Rubin aufgeschnappt. Daraufhin wurde sie sehr nachdenklich. Nachdem Pjotr gegangen war, flüsterte sie mir zu, den Namen Rubin zu kennen.

Vor einigen Jahren war Erika Mitglied der DDR-Leichtathletik-Mannschaft und wurde nach einem Sieg, mit Urkunde und einem Geldbetrag, ausgezeichnet. Eins der Sportkomitee-Mitglieder war Rubin. Später erinnerte sie sich an den Namen Rubin, als sie den Artikel über ihren Sieg in der Zeitung las. Ihre Freundin Gitte, die bei der Ehrung dabei war, erinnerte sich ebenfalls an ihn.

Unser Sohn Mike, und Willi, wollten zum Schemschujina zurück und noch in die Keller-Bar des Hotels. Die beiden anderen DDRler waren von allem gerädert und gingen mit ihnen. Meine Frau wollte jetzt genau wissen was wir zu flüstern hatten. Ich erzählte ihr von dem Gespräch. Gitte, Erikas Bekannte, meinte auch von Rubin nichts Gutes gehört zu haben.

Gitte ist in der DDR Russisch-Lehrerin und macht auch Übersetzungen. Sie wurde wegen ihres Berufes schon mehrmals von „Horch und Guck" sehr genau überprüft. Dabei spielte „dieser Rubin" immer eine entscheidende Rolle. Sie kennt sogar einige Leute bei der Stasi, die nicht gut auf ihn zu sprechen sind.

Auf weiteres Nachfragen bestätigten mir Erika und auch Gitte, dass dieser Wladimir Rubin nicht mit normalen Maßstäben zu messen sei. Wenn man ihm etwas anhängen will, muss man sich vorher mit der Stasi arrangieren. Gefährliche Kiste!! Das wagt sich so schnell niemand!

Gitte erzählte uns von einem Lehrgang in der Nähe Dresdens, bei dem die gesamte Stasi-Elite, die Führung der Polizei, und die Lehrer des politischen Unterrichts anwesend sein mussten.

Auf diesem Lehrgang wurden Fallbeispiele gepaukt, wie man mit staatsfeindlichen Personen umzugehen hat.

Neugierig geworden wollte ich von ihr wissen, ob sie jemals von einem Fall gehört hat, in dem es um eine Kristallschale ging. Gitte schaute mich mit großen Augen an und verstummte ganz plötzlich. Ihre Gesichtsfarbe veränderte sich so, als hätte sie Fieber bekommen. Sie entschuldigte sich, sie müsse dringend einmal auf die Toilette. Dabei schaute sie ihre Freundin Erika an, und bedeutete ihr, sie zu begleiten. Erika folgte ihr, und es dauerte eine geraume Zeit bis sie zurückkamen.

In den letzten Tagen haben Erika und ich ein besonderes Vertrauensverhältnis aufgebaut. Deshalb war ich wirklich überrascht als Erika direkt auf mich zukam und sagte: „Sag mir jetzt nicht, dass du etwas mit der Kristallschale zu tun hast!" Sie schaute ungläubig und herausfordernd in mein grinsendes Gesicht. Ich aber nickte nur. Wie aus der Pistole geschossen musste ich einen Schwall von Fragen über mich ergehen lassen.

„Jetzt fehlt nur noch, dass du auch D-Mark-Scheine in einer Schokoladentafel versteckt hast?" Meinem Kopfnicken folgte gleich die nächste Frage: „Einige Quadratmeter Fliesen gehören nicht zu deinem Repertoire, oder?" Als ich auch jetzt grinste, schlug sie mir hart auf den Rücken, dass alle in der Eisdiele diesen Schlag hörten.

„Dann wissen wir jetzt, wer du bist!", lachten sie. „Endlich haben wir den Schurken erwischt, der die letzten Jahre die Stasi schier zur Verzweiflung gebracht hat! Einige Filme über deine »Taten« hat die Stasi als Unterrichtsmaterial für den politischen Unterricht zur Verfügung gestellt.

„Horch und Guck" ist ja so schlau, und sie haben von jedem eine Akte, wieso haben sie dich noch nie kassiert?" Darauf konnte ich keine Antwort geben. Ich war nur froh, dass wir in der Eisdiele wirklich an einem neutralen und sicheren Ort waren. Ich traute meinen Augen nicht, uns wurde eine Runde Wodka gebracht, auf einmal standen alle Gäste der Eisdiele auf, prosteten uns zu und sangen ein Lied. Was sie sangen konnte ich nicht verstehen, eins habe ich aber sofort gespürt, sie sangen aus ganzem Herzen und aus voller Kehle, so als hätten sie unserem Gespräch zugehört.

Ein Schauer lief mir den Rücken hinunter und ich hatte Gänsehaut. In den Augen meiner Frau sah ich Freudentränen, aber auch Erstaunen. Woher wollten die anwesenden Russen wissen, worüber wir geredet haben? Spontan fiel mir wieder unser Freund aus der DDR ein, der uns schon einmal vor der Tochter der Freundin meiner Frau gewarnt hatte.

Hatte sie ihren Vorgesetzten das alles berichtet? Mit der Freundin Alma hatte ich sowieso immer meine Probleme. Angeblich war sie uns wohl gesonnen. Aber ich machte mich lustig über die Gesetzesblätter der DDR, die sie abonniert hatte und die ich immer las, wenn ich zu Besuch war.

Fazit: die Informationen konnten nur von der Tochter der Freundin in der DDR kommen.

Sie hieß Sabine, und von Stasi-Hartmut haben wir erfahren, dass Sabine mehrere Aufbau-Lehrgänge der Stasi und des russischen Geheimdienstes mit Auszeichnung absolviert hatte. Hartmut meinte auch, Sabine hätte das Zeug dazu, entweder einen linientreuen Bürgermeister abzugeben, oder sogar ganz oben beim KGB die Fäden zu ziehen. Sie soll auch engen Kontakt zu einem der mächtigsten Männer des KGB haben. Ihre Ehe sei dadurch gefährdet.

Wir schreiben das Jahr 1988. Dank der von Gorbatschow eingeleiteten Perestroika und Glasnost geht es in der DDR drunter und drüber. Man sollte doch meinen, auch in Sotschi haben sie davon gehört.

Es war schon spät, zum Hotel war es nicht mehr so weit. Wir verabschiedeten uns von den Gästen der Eisdiele und wurden mit lautem Beifall entlassen. Am nächsten Morgen klopfte es sehr früh an unsere Zimmertür. Ein grimmig drein schauender Russe stand davor und sagte in schlechtem Deutsch: „Dawaj, dawaj, mit, müssen überprüfen, alle!"

Wir waren gerade aufgestanden und hatten noch nicht gefrühstückt, machten ihm klar, dass wir erst frühstücken wollen. Er ließ nicht locker und sagte wieder: „Jetzt kommen mit, sofort!" Was das zu bedeuten habe, wollten wir wissen. Seine Geste war unmissverständlich, wir mussten ihm folgen.

Um keinen Ärger zu bekommen gingen wir mit. Er führte uns in einen geheimen Raum hinter der „Kapitalisten-Bar". Ein spartanisch eingerichtetes Zimmer, mit einem Tisch wie in einem Gerichtssaal. Davor standen zwei Stühle auf denen wir Platz nehmen sollten.

Kaum hatten wir uns gesetzt, öffnete sich eine weitere Tür, zwei Russen und eine Frau erschienen und setzten sich uns gegenüber. Wir glaubten wirklich in einem Gerichtssaal zu sitzen. Der kleinere Russe war der Wortführer und stellte sich als Wladimir Rubin, Sicherheitsoffizier von Sotschi vor.

Sollten wir jetzt Angst haben, schoss es mir durch den Kopf? Ich schaute meine Frau an, und erkannte in ihren Augen ein ironisches Lächeln, das mir signalisierte: „Was wollen die drei von uns? Haben wir alles schon erlebt. Nicht mit uns! Wir lassen uns von denen doch nicht vorführen!"

Ich wusste genau was sie dachte, und erinnerte mich an die DDR-Überprüfung mit der Kristallschale.

Der Sicherheitsoffizier riss mich aus meinen Gedanken und kam sofort zum Thema. „Sie sitzen hier, weil sie sich eines schweren Verbrechens schuldig gemacht haben! Ich beschuldige sie des illegalen Devisenschmuggels! Wo haben sie ihre präparierten Schuhe, in denen sie Rubel versteckt hatten? Beim Durchsuchen ihres Zimmers haben wir diese Schuhe nicht gefunden!"

Wladimir Rubin sah aus wie ein kleiner Gernegroß. In dem Augenblick fiel mir ein kleiner Franzose ein, der auch immer glaubte er sei der Größte, nämlich Napoleon. Beide mussten wir lachen, als wir die Anschuldigung hörten.

„Was sollen wir gemacht haben?", fragte ich ihn. „Sie belieben zu scherzen", sagte meine Frau dann. „Wie kommen sie auf diese absurde Idee?", fuhr sie fort und lächelte die drei strahlend an.

Wladimir Rubins Gesicht versteinerte sich. Er drehte seinen Kopf etwas nach rechts, beugte sich zu der Frau und zischte ihr leise, aber deutlich zu: „Was soll das Sabine? War deine Meldung an den KGB vor zwei Jahren eine Ente? Hast du uns einen Bären aufgebunden? Wie steh ich jetzt da? Oder wolltest du mit der Falschmeldung nur unsere Aufmerksamkeit erringen? Wenn das stimmt, wird das Folgen haben! Aber nur für dich!"

Er drehte sich uns wieder zu und in seinem Gesicht zuckten die Muskeln. Eine Weile kam kein Wort über seine Lippen. Fast hörten wir seine Gedanken arbeiten. Dann ein Schnaufen und: „Woher haben sie die vielen Rubel? Offiziell haben sie nichts umgetauscht. Überall zahlen sie mit Rubelscheinen. Also woher haben sie das Geld, wenn sie es nicht geschmuggelt haben?"

Ich ließ ihn noch ein bisschen zappeln, wartete ab wie er reagieren würde, und sah an seinem Gesichtsausdruck, dass er uns in der Falle wähnte. Ich atmete tief durch, tat so als wenn er mich erwischt hätte und sagte dann mit fester, ruhiger Stimme: „Die Rubel hat man mir geschenkt!" Er platzte fast vor Wut, so rot lief er an. Seine Augen blitzten mich böse an und aus seinen Ohren hätte eigentlich schwarzer Rauch kommen müssen, so wütend war er.

„Geschenkt? Das ist die größte Lüge die ich je gehört habe! Wer hat ihnen denn Rubel geschenkt?" Am liebsten hätte ich ihm jetzt eine dicke Lüge aufgetischt, wollte aber meinen Vater nicht damit hineinziehen. Ich wusste ja nicht, wie weit seine Verbindungen reichen. Und ich wollte meinem Vater nicht schaden.

Mit meiner Antwort ließ ich mir sehr viel Zeit. Er wurde immer nervöser, versuchte seine Uniform zurecht zu ziehen, schaute seine Vertrauten rechts und links von ihm an, und wollte etwas sagen. Auf den Augenblick hatte ich gewartet und antwortete so nebenbei: „Von einem Freund!"

Bei dieser Antwort kochte er förmlich. Vor Wut sprang Wladimir Rubin auf und bellte mich an: „Sie haben hier keinen Freund, das müsste ich doch wissen!!!"

„Oh, doch", antwortete ich ihm „einen guten Freund sogar, und wie der mir sagte, ist er auch ihr Freund."

Das war zu viel für ihn. Er stand auf, forderte seine Begleiter auf ihm zu folgen, und im Weggehen hörte ich ihn sagen: „Sie warten hier, wir ziehen uns zur Beratung zurück."

Was war das für ein Theater! Meine Frau schaute mich an und wollte wissen: „Sabine? Welche Sabine? Doch nicht die Tochter von Freundin Alma aus der DDR? Die habe ich noch nie gesehen. Wenn das die Sabine ist, dann hat Stasi-Hartmut Recht behalten! Nur - was hat sie hier zu suchen?"

„Wenn du deine Freundin danach fragst, belügt sie dich weiter, bedenke es ist ihre Tochter. Das kannst du dir sparen!" erwiderte ich ihr. Meine Frau wusste ja auch nicht, dass mit dem Freund der deutsche Loddel mit den beiden Prostituierten gemeint war.

Als ich mit ihm das Geld tauschte, haben wir über den Sicherheitsbeauftragten der Stadt Sotschi gesprochen. Ich gab ihr zu verstehen, dass ich ihr alles erzähle wenn wir allein sind. In diesem Raum wollte ich das nicht, womöglich werden wir abgehört. Es dauerte eine Weile bis Rubin wieder ins Zimmer kam.

Zu unserer Überraschung kam er ohne seine Begleiter zurück. Er setzte sich wieder, sah aus wie ein angeschlagener Boxer, und zischte mich an: „Welcher Freund?" Aha, dachte ich, du hast Angst. Deine Begleiter dürfen nicht wissen welche Freunde du hast. Hast du sie deshalb weggeschickt, damit sie deine Machenschaften nicht erfahren? Und wieder zischte er mich an: „Wenn sie mir nicht sofort den Namen des Freundes nennen, werde ich sie wegen Devisenschmuggel verhaften lassen!"

Ich schaute ihn belustigt an und meinte: „Was sagen sie von Riga, der Hauptstadt Lettlands, und was sagen sie von Sankt Petersburg, ihrer Geburtsstadt? Ach ja, und was sagen sie von Geldwäsche?"

Das hat ihn geschockt, auf diese Fragen war er nicht vorbereitet. „Die Untersuchung ist beendet, sie können gehen. Eins sage ich ihnen noch, übertreiben sie es nicht", hörte ich ihn noch sagen, er stand auf und verließ den Raum! Ich war froh dass ich meinen Vater nicht erwähnt habe. Da hatten wir ja noch mal Glück, weil wir ihn einschüchtern konnten. Wer weiß, wie das sonst geendet wäre?

Wir verließen den Raum, kamen durch die „Kapitalisten-Bar" in die Hotelebene und gingen auf unser Zimmer. Mike wartete schon auf uns. Er war sehr besorgt, denn er hatte uns im ganzen Hotel gesucht. Wir wollten wissen, ob er schon gefrühstückt hat. Als er verneinte, machten wir uns auf und gingen in den Speisesaal.

Wir hatten noch mal Glück, das Buffet war noch nicht abgeräumt. Während wir aßen, berichteten wir unserem Sohn leise von der „Gerichtsverhandlung" mit

Wladimir Rubin. Wir waren die einzigen in diesem großen Speisesaal. In einem Speisesaal gibt es bestimmt keine Abhöranlage, dachte ich. Deshalb war hier auch der richtige Ort mit Mike darüber zu sprechen.

Seine Augen wurden immer größer, als wir ihm von dem Loddel erzählten, welch schlimmer Finger der sei. „Der heißt Friedhelm", sagte mein Sohn und war erstaunt, dass wir dachten, er sei ein „Loddel". So habe er ihn nicht eingeschätzt. Mike hat sich allerdings schon über seine Begleiterinnen gewundert.

Dann erzählte Mike uns auch noch, dass seine Begleiterinnen das Zimmer mit ihm teilen, und gestern waren noch zwei Freundinnen bei ihm. Gestern, in der Keller-Bar, haben sie förmlich an Friedhelm geklebt, wie die Kletten. Ich wollte von unserem Sohn wissen, ob sie ihm auch auf die Pelle gerückt sind, doch da meinte er: „Für die bin ich doch noch viel zu jung", und weiter, „die haben Friedhelm zwei dicke Gürtel und zwei kleine Päckchen mit weißem Pulver gegeben. Ich habe das genau gesehen und wunderte mich, als Friedhelm mir später fünfzig Rubel zusteckte und mir zu flüsterte, damit kannst du machen was du willst.

Erst wollte ich das Geld nicht annehmen, doch er wollte es nicht zurück nehmen. Dann dachte ich, okay, brauch ich euch nicht fragen ob ihr mir noch Rubel geben könnt." Beide schauten wir ihn bestürzt an und wollten gerade etwas sagen, da meinte er:

„Okay, jetzt weiß ich, es war Schweigegeld! Zurückgeben hat keinen Zweck, das habe ich schon versucht."

Dagegen konnten wir nichts sagen, denn wir haben ja auch Rubel von ihm bekommen, allerdings getauscht, aber nicht ganz legal. Wir dachten uns, wer so viel Geld auf leicht »verdiente« Weise hat, wird uns nicht schaden wollen und warum sollen wir ihm Schaden zufügen? Lassen wir es dabei und kümmern uns nicht darum.

Vielleicht brauchen wir mehr Rubel und dann haben wir eine Quelle, die wir anzapfen können. Wir redeten uns ein, dass wir von Wladimir Rubins Seite keine Schwierigkeiten mehr zu erwarten hätten. Was sollte er auch noch machen? Damit war das Thema vorerst für uns erledigt. Wir sprachen kein Wort mehr darüber.

Am nächsten Tag waren wir wieder mit den DDRlern am Hotel-Pool, bzw. am Strand verabredet. Mit unseren Schwimmsachen gingen wir fröhlich durch die Umkleideräume, vorbei an den russischen Matkas, durch den Zugangskanal zum Pool. Irritiert, und überrascht waren wir, denn es war kein Wasser darin, und wir kamen das erste Mal trockenen Fußes an den Pool.

Dort trauten wir unseren Augen nicht, es war kein Wasser im Pool. Sie hatten das gesamte Becken leer laufen lassen, und wir sahen auch warum. Die Fliesen im Becken waren voller Algen. Eine Reinigungsmannschaft schrubbte die Fliesen, um die Algen zu entfernen, die durch das salzige Meerwasser entstanden sind.

Mit dem Bademeister sprachen wir darüber, er riet uns, zum Schwimmen ins Meer zu gehen. Durch das Salzwasser muss der Pool alle vierzehn Tage gereinigt werden, und das dauert immer zwei Tage. Wir könnten ja Sonnenbaden am Pool, meinte er. Dabei schaute er immer wieder sehnsüchtig auf meine Schwimmlatschen, die es ihm wohl angetan hatten. Er wollte sie mir schon einige Male abkaufen. An meinem Gesichtsausdruck sah er aber, dass ich dazu noch nicht bereit war.

Am Strand trafen wir die DDRler, wie verabredet, und berichteten von unserer Befragung durch Wladimir Rubin. Nur das Wesentlichste, nicht jedes Wort. Sie waren erstaunt darüber, dass Rubin jetzt hier in Sotschi das Sagen hat. Noch einmal warnten sie uns eindringlich vor ihm, er sei ein Schuft. Er war einer der gefürchtetsten KGB-Agenten der DDR. Wieso es ausgerechnet ihn in eines der beliebtesten Urlaubsgebiete der UDSSR geführt hat, konnten sie sich nicht erklären.

Uns war er egal, denn seit heute wussten wir, dass er uns so schnell nichts anhaben kann. Wir hatten von Friedhelm (dem Loddel) erfahren, welch schmutzige Geschäfte Rubin machte. Das war eine große Beruhigung für uns.

Am öffentlichen Strand gab es keine Sitzgelegenheiten und keine Sonnenliegen. Alle mussten auf den Kieselsteinen liegen. Weil uns das nicht gefiel, boten wir ihnen an, zu uns an den Pool zu kommen, denn da waren genügend Liegestühle.

Der Bademeister hat vielleicht nichts dagegen, dem würden wir das schon erklären, denn er war doch scharf auf meine Strandlatschen. Er wird uns das erlauben, sonst kann er sich meine Strandlatschen aus dem Kopf schlagen. Bier und alle anderen Getränke sowie Eis, besorgten wir uns immer aus der Strand-Bar.

Igor, der Bademeister, brachte uns heute zum Lachen. Wir sahen ihn mit einem großen, leeren Gurkenglas zur Strand-Bar gehen. Es dauerte aber nicht lange, und Igor kam mit dem Gurkenglas, bis an den Rand gefüllt mit Bier zurück, und bot mir das Glas zum Tausch gegen meine Badelatschen an. Das war so lustig, da konnte ich nicht nein sagen und gab ihm meine Latschen.

Igor sah mich erst noch völlig ungläubig an, war dann aber der glücklichste Mann am Pool. Zufällig hatten wir beide die gleiche Schuhgröße. Von da an stolzierte Igor wie ein Pfau durch die Poollandschaft.

Langsam begann sich der Pool mit Wasser zu füllen. Da wir zum Essen gehen wollten, müssen wir wieder durch den Kanal laufen. Bis jetzt waren wir trocken. Wollten wir uns umziehen, müssten wir durch das

Wasser waten und wären wieder nass. Welch ein Schwachsinn, dachten wir.

Es gab aber auch einen anderen Weg um in die Umkleidekabinen zu kommen, doch als wir den nehmen wollten, wurde die Tür von innen, von den russischen Matkas, zugehalten. Als wir sie aufforderten diese zu öffnen, weigerten sie sich, und beschimpften uns auch noch. Das machte uns wütend und das wollten wir nicht akzeptieren. Über das Verhalten der Frauen wollten wir uns beim Hotel-Direktor beschweren. Aber wie sollten wir das tun? Wir sprechen doch alle kein Russisch!

Ich konnte zwar einige Worte lesen doch den Sinn verstand ich nicht. Nach dem Essen erzählten wir es Gitte, der Lehrerin aus Dresden, und baten sie, mit uns zum Direktor zu gehen. Durch ihren Beruf sprach sie ein einwandfreies Russisch. Gitte war überrascht, aber sofort einverstanden Beschwerdeführerin zu sein.

Nach langer Suche fanden wir das Zimmer des Direktors. Wir sahen ihm an, dass er nicht gerade begeistert war von ein paar Deutschen mit einer Beschwerde belästigt zu werden. Er erklärte Gitte und uns dass es aus hygienischen Gründen notwendig sei, durch den Kanal zum Pool zu gehen. Sie ließ sich nicht einschüchtern und sagte klipp und klar, er solle sich das noch einmal überlegen. Wir würden morgen wieder bei ihm nachfragen und hofften, von nun an trocken zum Pool und zurück zu kommen.

Mit den Ostdeutschen hatten wir uns in der Kaffee-Bar im 13. Stock auf einen Cappuccino verabredet. Sofort wollten sie wissen was wir beim Direktor erreicht hatten. In die Unterhaltung platzte Victor, der russische Freund meines Vaters. Dass er etwas von uns wollte, war offensichtlich.

Unseren Cappuccino hatten wir gerade ausgetrunken, da kam Galina, die nette Bedienung, und brachte eine Runde Wodka. Victor konnte es nicht lassen, ohne Wodka konnte er wohl nicht reden. Er informierte uns über folgendes: mein Vater hatte ihn beauftragt meine Frau, mich und unseren Sohn einzuladen, ihn zu besuchen. Es sollte als Familientreffen deklariert sein und im Kurhotel meines Vaters stattfinden. Victor wollte jetzt und hier, mit uns einen Termin vereinbaren. Es dürfe nichts schief gehen, hatte mein Vater ihm aufgetragen.

Wir verabredeten uns für den übernächsten Tag. Seltsam, Victor war mit allem, was wir vorschlugen, einverstanden. Als ich ihn darauf ansprach meinte er nur: „Ich habe den Auftrag bekommen mit euch so lange zu verhandeln, bis wir einen verbindlichen Termin haben. Ohne eure feste Zustimmung brauche ich erst gar nicht wieder erscheinen." Und zu Mike gewandt sagte er: „Michail möchte auch seinen Enkel kennen lernen."

„Woher weiß mein Vater überhaupt, dass er einen Enkel hat?" wollte ich wissen. Victor lachte und erzählte uns folgendes: „Mittlerweile weiß Michail alles über dich und deine Familie. Er ist schließlich Diplomat und hat seine Beziehungen. Seit dem Michail weiß, dass er einen Sohn in Deutschland hat, war es für ihn leicht, alles über dich und deine Familie in Erfahrung zu bringen. Aber das kann er dir lieber selbst erzählen, wenn ihr ihn übermorgen seht. Ich kann mich darauf verlassen, dass die Einladung steht?"

Ich gab ihm mein Wort. Bevor er sich verabschiedete, kam Galina schon wieder mit einer Runde Wodka, die wir aber nicht bestellt hatten. Victor grinste übers ganze Gesicht und meinte dazu nur: „In Russland ist es üblich, vor einer Verhandlung eine Runde Wodka zu trinken. Dann fällt es leichter zu verhandeln. Und wenn es zu einem guten Abschluss gekommen ist, muss eine erneute Runde Wodka den Vertrag beschließen. Es könnte ja sonst schiefgehen!" Purer Aberglaube!

Dann ging er aber wirklich. Wie er das mit dem zweiten Wodka gemacht hatte war mir ein Rätsel. Ich habe die ganze Zeit mit ihm geredet, ihn beobachtet und nicht gesehen, dass er Galina den Auftrag für eine erneute Runde Wodka gegeben hat.

Galina, eine sehr freundliche Serviererin, sprach sogar einige Brocken Deutsch. So konnte ich sie fragen, wie Victor die Bestellung aufgegeben hat. Wir erfuhren dann, dass Victor mit seinen Freunden häufig in der Kaffee-Bar ist. Sein Chef Michail ist Eigentümer dieses Hotels, und bei Besprechungen muss sie immer vorher und nachher eine Runde Wodka bringen. „Das ist einfach so in Russland", sagte sie.

Ich bin fast aus allen Wolken gefallen als ich hörte, meinem Vater gehöre das Hotel. Wie ist das denn bloß möglich? Bisher habe ich immer nur gehört, dass es in der UDSSR keinen Privatbesitz gäbe. So kann man sich täuschen! Lag es vielleicht an der neuen, russischen Führung mit Gorbatschow und seiner Perestroika?

Wird sich Gorbatschow auf Dauer durchsetzen? Die Überlegungen führten zu nichts. Ich war froh, dass es jetzt endlich zu einem Treffen mit meinem Vater kam. Nach dem Frühstück am nächsten Morgen, trafen wir uns mit den DDRlern und wollten mit Gitte aus Dresden, wieder den Direktor aufsuchen.

Wir wurden überaus freundlich von ihm empfangen. „Ein Wunder ist geschehen", dachte ich „möchte nur wissen, was den umgestimmt hat?"

Der Direktor bot uns Kaffee und Gebäck an, schaute auch nicht mehr so verkniffen drein. Was war geschehen? Auf einmal konnte er unsere Bedenken verstehen und entschuldigte sich bei uns, dass wir so viele Unannehmlichkeiten über uns ergehen lassen mussten. Selbstverständlich müssten wir in Zukunft nicht mehr durch den Wasserkanal wenn wir zum Pool wollen. Das sei unüberlegt gewesen, und für die Gäste eine Zumutung. Dafür sollen die Gäste die Dusche am Pool benutzen.

Irgendwie verstand ich die Welt nicht mehr. Das Klingeln des Telefons unterbrach meine Gedanken. Der Direktor entschuldigte sich und ging in einen Nebenraum, um ungestört zu telefonieren. Wir saßen da, wie bestellt und nicht abgeholt. Während wir auf den guten Mann warteten, schaute ich mich in seinem Büro um, und sah an der gegenüberliegenden Wand mehrere Bilder hängen. Es sah für mich aus wie eine Ahnengalerie.

Das wollte ich mir etwas genauer ansehen und staunte nicht schlecht, als ich den Namen meines Vaters „Cheraskow", unter den Bildern sah. Das konnte unmöglich mein Vater sein. So alt ist er doch gar nicht. Es hingen ca. zehn Bilder dort, alle in chronologischer Reihenfolge. Ganz links das wohl älteste Bild aus dem Jahr 1753. Ein Mann in russischer Militäruniform. Unter allen Bilderrahmen waren kleine Metallschildchen mit eingravierten, kyrillischen Buchstaben, die ich nicht lesen konnte.

Meine Neugier war geweckt, deshalb bat ich Gitte, die Schrift auf den Schildchen für mich zu übersetzen. Sie war diejenige, die mir genau sagen konnte, wer auf den Bildern zu sehen ist. Wann diese Aufnahmen gemacht wurden, und welchem wichtigen Ereignis sie zuzuordnen sind. Das erste Bild zeigte einen jungen Mann mit Namen Michail Matwejewitsch Cheraskow, der gerade seine Prüfung als Kadett der berühmten Militärakademie in St. Petersburg bestanden hatte. Auf den nächsten drei Bildern immer derselbe Mann: Michail Matwejewitsch Cheraskow.

Einmal als Dichter und Schriftsteller und Schöpfer des späteren Freimaurer-Liedes mit dem Text: Kol Slawen. Ein anderes Mal als Herausgeber seiner eigenen Zeitschrift, und als letztes, als Direktor der Moskauer Universität. Dieses Bild war am unteren Rand mit einem kleinen schwarzen Band versehen. Auf dem Schild stand das Geburtsdatum - 5. 11. 1733 in Pereiaslav-Khmelnytskyi Ukraine, und das Todesdatum 1807 in Moskau.

Als ich das von Gitte hörte stand für mich fest, dass der Mann niemals mein Vater sein kann. Er war viel zu alt. Auf den nächsten Bildern waren wieder zwei junge Männer zu sehen. Dimitrij Cheraskow als Leutnant der russischen Marine – geb. 1771, verstorben 1855 und Alexej Cheraskow, auch in russischer Uniform – geb. 1812, verstorben 1870 in Sevastopol/Krim. Auch die nächsten Bilder zeigten immer Männer in Uniformen, mal vom Heer, mal von der Marine.

Anscheinend waren alle Cheraskow`s Angehörige des Militärs. Als letztes Bild sah ich dann wohl wirklich meinen Vater, als Marineoffizier der Schwarzmeerflotte. Auf dem Schild war deutlich zu lesen: Alexander Michail Cheraskow, Militärattache in Maastricht/Niederlande – geb. 1906.

Was war ich beeindruckt von dieser Ahnengalerie! Jetzt sah ich meinen Vater zum ersten Mal und ich muss gestehen, er sieht gut aus. Ich war auf einmal sehr stolz. Beim nochmaligen Hinsehen gefiel er mir immer besser und ich war ihm wirklich wie aus dem Gesicht geschnitten.

Die Besichtigung der Ahnengalerie mussten wir beenden, weil der Direktor wieder ins Zimmer kam. Er lächelte mir zu. Während er mir direkt in die Augen schaute, hörte ich ihn fragen: „Möchten sie auch einmal dort an der Wand hängen, Alexander?"

Mein Sohn Mike schaute mich total erstaunt an und er fragte: „Papa, was ist hier los?" „Später", antwortete ich nur. Ich war so überrascht, vom Direktor den Namen Alexander zu hören. Niemand sonst kannte ihn. Lediglich mein Vater wusste von diesem Namen. Meine Frau nahm mich in den Arm und ließ mich wissen, dass wir unserem Sohn später die Wahrheit erzählen müssen.

Langsam, aber sicher, bekam ich das Gefühl, dass mein Vater kein kleines Licht in der UDSSR sein konnte. Die gesamte Familie meines Vaters hatte einen sehr guten Ruf in der russischen Bevölkerung. Der Name Cheraskow war in den Gedächtnissen der Menschen verwurzelt. Beim Betrachten der Bilder verstand ich dann, warum meine Mutter sich in ihn verliebt hat. Seine Ausstrahlung allein kann es nicht gewesen sein.

Fasziniert schaute ich mir das Bild meines Vaters auf der Fotowand an und dachte, welch schönes Paar sie wohl gewesen sein mussten. Dass sie sich von seinem Titel hat blenden lassen, glaube ich nicht.

Denn ich kannte sie ja ganz anders. So schnell war sie nicht zu beeindrucken. Es muss schon eine besondere Anziehungskraft zwischen beiden gewesen sein. Dann verließen wir das Büro des Direktors, um eine große Erfahrung reicher.

An den »Matkas« vorbei gingen wir nicht durch das Wasserbecken, sondern benutzten den anderen Weg zum Pool. Böse, ja hasserfüllte Blicke folgten uns. Das war für uns eine große Genugtuung, sie schmollen zu sehen.

Der Pool hatte sich mittlerweile wieder mit Salzwasser gefüllt. Ich war es gewöhnt in normalem Poolwasser zu schwimmen, deshalb machte es mir keinen Spaß schwimmen zu gehen. Salziges Poolwasser geht gar nicht!

Das große Ansehen meines Vaters, und das Betrachten der Ahnengalerie, haben mich auf den Gedanken gebracht, dass wir uns heute schon einmal das Kurviertel ansehen sollten. Zumal dort nur die Elite kuren konnte! Für den morgigen Tag gab es die Einladung zu meinem Vater. Aufregung genug!

Erika, Gitte, Willi und die restlichen DDRler waren damit einverstanden, und wir schlenderten gemütlich am Meeresufer entlang, Richtung Kurviertel. An der Uferpromenade fanden wir, wie Jahre zuvor, noch die riesigen, in den Boden eingelassenen Schachbretter aus Marmor, mit den Sitzhockern um das Schachbrett. Einige Russen, vielleicht waren auch Urlauber unter ihnen, konnten hier ihrem Vergnügen nachgehen und Schach mit lebensgroßen Schachfiguren spielen. Auf den Bänken konnte man eine Pause einlegen, auf das »Schwarze Meer« schauen, abends sogar einen Sonnenuntergang am westlichen Horizont beobachten.

Als wir nach einiger Zeit das Kurviertel erreichten, stellte ich fest, dass sich nichts verändert hatte. Von den Kliniken und Villen am Hang hat man einen fantastischen Blick auf das Meer. Es waren viele Segelboote und Yachten zu sehen, die auf dem Wasser dahin glitten. Unterbrochen wurde diese Idylle nur von einigen Schnellbooten der russischen „Schwarzmeerflotte" und den Booten der Küstenwache, die für die Sicherheit ihrer Bevölkerung sorgen sollten. Es sah trotzdem alles so friedlich aus. Sotschi war das Urlaubsmekka des Ostens.

Vielleicht konnte man es vergleichen mit Urlaubsgebieten am Mittelmeer oder in Florida, USA. Die wenigsten Russen hatten überhaupt die Möglichkeit, für einen Urlaub im Ausland, die UDSSR zu verlassen. Deshalb mussten sie mit Sotschi vorlieb nehmen. Im Volksmund wurde Sotschi auch das Venedig Russlands genannt.

Die meisten Urlauber aus der UDSSR wurden aber in Sotschi privat untergebracht. Weil der größte Teil der Bevölkerung sehr arm war, vermieteten sie ihre kleinen Wohnungen an ihre Landsleute. Sie selbst wohnten während dieser Zeit meistens nur in einem Zimmer, oder aber zogen auf`s Land zu ihren Verwandten. So besserten sie ihr karges Einkommen ein wenig auf.

Das Klinikviertel war aber nur für die Reichen da. Den Prachtbauten sah man deutlich an, dass sie nur für Leute mit Geld gebaut waren. In diesen Kurkliniken und Villen haben alle russischen Diktatoren ihren Urlaub oder Kuraufenthalt verbracht. Wie mein Vater es geschafft hat, ein Kurhotel sein eigen zu nennen, ist mir schleierhaft. Ich habe mir vorgenommen ihn morgen bei unserem Treffen danach zu fragen. Wir hatten genug gesehen und waren mit unserem kleinen Abstecher zufrieden.

Dann machten wir uns wieder auf den Heimweg zu unserem Hotel. Die DDRler allerdings mussten in ihr verhasstes Urlaubshotel, doch den Tag beschließen wollten wir in der Keller-Bar unseres Hotels.

Unser Sohn Mike war nicht zum Abendessen erschienen, wir trafen ihn schon recht fröhlich in der Keller-Bar. Die jungen Leute umringten ihn und sie hatten anscheinend viel Spaß zusammen. Mike kam direkt auf mich zu und bat mich um einige Rubel, er war „pleite" wie er so schön sagte.

Da wir ja Rubel genug hatten, gab ich ihm wieder einmal hundert Rubel mit der Maßgabe, er soll aber nicht alles auf einmal auf den Kopf hauen. Die Rubel steckte er lachend ein und wurde eine Weile nicht mehr gesehen. In der Keller-Bar gab es genug Winkel und Ecken, in denen er sich vor unseren Blicken verstecken konnte.

Unser »spezieller Loddel« Friedhelm saß auch in einer Nische und hatte nicht nur zwei Russinnen um sich geschart, nein diesmal waren es gleich vier »Mädchen«. Er war wieder einmal sternhagelvoll. Als er mich sah, winkte er mich an seinen Tisch und lallte etwas von Kaviar. Ich verstand nur, dass er genug echten Beluga-Kaviar besorgen kann und wieviel Dosen ich denn haben wolle. Dann griff er in eine seiner Taschen, zeigte mir eine hundert Gramm Dose und meinte, davon könne er genug besorgen.

Auf meine Frage, was die denn kosten sollen, sagte er nur: „Zwei Dosen, also zweihundert Gramm, für fünfzig D-Mark". Da ich das erst mit meiner Frau besprechen wollte, würde ich ihm morgen Bescheid geben. Ob Friedhelm das wirklich verstanden hat wird sich zeigen, er wandte sich wieder seinen Begleiterinnen zu und fummelte an ihnen herum.

Später am Abend traf ich ihn noch einmal auf der Toilette. Seine Ausdrucksweise und sein Alkoholpegel hatten sich nicht viel verändert. Er lallte und schwankte beträchtlich. Anscheinend hatte er einen Narren an mir gefressen, denn ganz plötzlich steckte Friedhelm mir zweihundert Rubel in die Tasche und meinte: „Damit kannst du dir einen schönen Abend machen, ich habe genug davon. Meine Pferdchen aus Litauen versorgen mich damit. Sie sind mein Leben, ohne meine Pferdchen bin ich nichts. Ich liebe sie alle, aber eine von ihnen werde ich heiraten wenn ich zurück in Deutschland bin!" Lachte laut und gemeinsam verließen wir die Toilette, verabredeten uns aber für den nächsten Tag in der Keller-Bar.

Ein breites und fettes Grinsen hatte ich auf dem Gesicht als ich wieder zu meiner Frau kam. Mit großen Augen sah sie mich an, wollte natürlich sofort von mir wissen was los sei, und warum ich so grinste.

Als ich ihr die zweihundert Rubel zeigte, hörte ich sie fragen: "Was hast du gemacht? Wie bist du an dieses Geld gekommen? Sag schon, spann mich nicht so auf die Folter! Hat das etwas mit Friedhelm zu tun?" "Jetzt beruhige dich erst einmal, sicher hat das mit Friedhelm zu tun. Er mag mich eben. Und das ist der Dank", lachte ich.

Sie schaute mich noch verdutzter an und sagte: "Was hast du mit ihm auf der Toilette gemacht? Ich habe euch beide lachend herauskommen sehen. Du hast doch wohl nicht???" Ich erklärte ihr jetzt was auf der Toilette passiert war. Dass er mir die Rubel einfach in die Tasche gesteckt, und mir einen schönen Abend gewünscht hat. Sie sah mich ungläubig an.

"Was soll ich denn machen wenn er mir das Geld schenkt?" antwortete ich ihr. "Er hat doch genug davon, seine »Pferdchen« bringen ihm die »Rubelchen« ein. Letztens hat er mir erzählt, dass er in Litauen und Lettland viele Mädchen habe, die ihn alle lieben und für ihn arbeiten, ihm das Geld ohne Zwang geben. Er scheint ein Glückspilz zu sein", antwortete ich ihr. Dann erzählte ich allen in der Runde von Friedhelms Kaviar-Angebot.

Unsere Ostdeutschen rümpften die Nase und meinten dann: „Kaviar können wir nicht mit in die DDR nehmen, das ist verboten. Den können wir uns auch nicht leisten. DDR-Geld wird er wohl nicht wollen. Das Risiko gehen wir nicht ein!"

Meine Frau überlegte schon, ob wir für uns Kaviar mitnehmen sollen. Das Problem sei nur der deutsche Zoll. Haben wir Kaviar dabei, müssen wir auch einen offiziellen Kaufbeleg haben, sonst nehmen sie uns den Kaviar ab, als Schmuggelware. Das wollten wir aber nicht riskieren und verschoben die Entscheidung auf den nächsten Tag.

Am nächsten Morgen, schon vor dem Frühstück, kam ein Bote. Er hatte einen Brief für uns und bat um sofortige Antwort. Darin war zu lesen: „Lieber Alexander. Ich freue mich, dich und deine Familie endlich kennen zu lernen, und bitte euch heute um zwölf Uhr in meine Kurklinik zu kommen. Bitte Alexander, teile dem Boten deine Entscheidung mit. Dein Vater Michail."

Wir waren total überrascht von der Nachricht, gaben dem Boten unsere Zusage und riefen unseren Sohn ins Zimmer. Wir zeigten ihm die Nachricht meines Vaters und nachdem er den Brief gelesen hat, wollte Mike jetzt von mir wissen: „Wieso nennt er dich Alexander"? Wir hatten ihm natürlich zu Hause erzählt, dass sein Opa, den er noch nicht einmal kannte, nicht mein leiblicher Vater sei, sondern Michail Cheraskow in Sotschi.

Als Mike geboren wurde waren meine Eltern schon lange tot. Somit kannte er weder seine Oma, noch seinen Opa. Er hatte ja einen Opa, nämlich den Vater meiner Frau, und den liebte er sehr.

Nachdem Mike erfahren hatte, dass ich meinen leiblichen Vater in Sotschi treffen würde, war er sehr gespannt. Plötzlich noch einen Opa zu haben, dazu in einem fremden Land, war für ihn etwas Besonderes.

Das war auch der Grund, warum er überhaupt mit auf diese Reise gegangen ist. Dann erzählte ich ihm, dass auf meiner Geburtsurkunde nicht mein jetziger Vorname stand, sondern Alexander. Und das konnten ja nur mein leiblicher Vater und meine Mutter wissen. Wieso genau, habe ich noch nicht herausgefunden. Angeblich wusste mein Vater doch gar nichts von einem Sohn!!

Er wurde ohne Wenn und Aber in seine Heimat abkommandiert. Seine Briefe, und die meiner Mutter an ihn, wurden abgefangen. Das haben wir ihm in der Kürze der Zeit versucht zu erklären. Unser Sohn war ja nicht doof, er war schon oft mit uns in der DDR und kannte den kommunistischen Apparat. Er hatte auch mit unseren Freunden und Bekannten in der DDR Kontakt. Auch mit dem Stasi-Hartmut.

Mike konnte sich genau an eine Hochzeitsfeier in der DDR erinnern, auf der wir mit den Vorgesetzten des Bräutigams kurzen Kontakt hatten. Eine junge Frau, aus unserem Bekanntenkreis, über die meine Frau Taufpatin ist, hat eben diesen Bräutigam geheiratet, der ein hochdekoriertes Mitglied bei den örtlichen Kampftruppen war.

Er wusste diesen Bräutigam gut einzuschätzen, wusste also auch von der absoluten Geheimhaltung, bzw. Überwachung aller DDR-Bürger durch die Stasi. Über die Vermutung, dass eine Tochter der Freundin meiner Frau bei der Stasi war, sogar mehrmals wegen politischen Unterrichts in Moskau war, haben wir auch gesprochen. Andererseits haben wir immer gehört, dass der KGB über alle Besucher der DDR genauestens Bescheid wusste. Also auch über unseren Sohn.

Es war deshalb nicht ungewöhnlich, dass auch sein wirklicher Großvater über ihn Bescheid wusste. Er nahm alles sehr gefasst und gelassen auf. Wie ich ihn kenne, machte er sich nichts daraus. Doch in seinem Kopf hörte ich es fast rattern. Auf meine Frage, was ihn denn beschäftige, winkte er nur ab, gab mir aber zu verstehen, dass er sich riesig freut, seinen zweiten Opa kennen zu lernen.

Darüber habe ich mich wirklich riesig gefreut und hoffte, er würde meinen Vater dann mit anderen Augen sehen und ihm sicherlich nicht feindlich gegenüberstehen. Ein sehr großer Stein fiel mir vom

Herzen und wir konnten endlich beruhigt zum Frühstück gehen. Dieser Tag fing ja schon wirklich aufregend an.

Am Nebentisch kamen wir mit zwei älteren Damen ins Gespräch, die auch Urlaub in Sotschi machten. Sie stammten aus Düsseldorf, waren sofort Feuer und Flamme als meine Frau ihnen von den Kaviar-Dosen erzählte, die wir von Friedhelm für einen Appel und Ei besorgen konnten.

Von ihnen erfuhren wir, dass einer ihrer Söhne Arzt sei, er es sich schon leisten kann Kaviar zu bezahlen. Beide Frauen freuten sich aber riesig über solch ein Superangebot. Jede wollte uns dann auch sofort fünfzig D-Mark geben, damit der Kauf wirklich zustande kommt.

Erst lehnten wir ab, doch sie bestanden darauf, denn sie wollten sich diese Chance nicht entgehen lassen. So günstig kämen sie in ihrem ganzen Leben nie wieder an zwei Dosen russischen Kaviar. Meine Frau nahm das Geld, und wir versprachen ihnen, die Dosen für die nächsten Tage, wenn wir sie von Friedhelm bekommen würden.

Nachdem wir mit dem Frühstück fertig waren, wollten wir noch in die Kaffeebar, im dreizehnten Stock gehen. Zum Treffen mit meinem Vater hatten wir noch genug Zeit und wollten die letzten Tage Revue passieren lassen. Bei einem Cappuccino für meine Frau und einem Bier für mich, wollten wir uns außerdem auf das Gespräch mit meinem Vater vorbereiten.

Mit dem Cappuccino klappte es einwandfrei. Nur ein Glas Bier wollte Galina mir nicht bringen. Es war noch zu früh, denn vor 11 Uhr durfte in Sotschi kein Alkohol ausgeschenkt werden. Ich kannte es ja von der Eisdiele, nur in der Kaffeebar, im dreizehnten Stock, würde es doch niemand sehen, wenn ich ein Glas Bier trinken würde. Wir waren ganz allein dort. Aber Galina lehnte ab. Die Angst war ihr anzusehen, denn sie schaute sich auffällig oft um. Ich muss wohl sehr traurig ausgesehen haben. Meine Frau bekam ihren Cappuccino und mein Sohn die bestellte Cola. Kurze Zeit später kam Galina und brachte mir auch eine Tasse Cappuccino - die ich nicht bestellt hatte.

„Doch, die hast du bestellt!", sagte sie und ging wieder. Verdutzt schaute ich mich um, meine Frau lachte. Sie sah sofort, das war kein Cappuccino, der Schaum sah anders aus. Ich berührte die Tasse, sie war kalt, nicht heiß wie bei einem Cappuccino. Dann roch ich, musste lachen und sagte: „Doch, du hast ja Recht. Ich habe ja ganz vergessen, dass ich den nachbestellt habe! Gut dass du noch daran gedacht hast. Danke schön!"

Galina hatte mir, obwohl es verboten war, eine Tasse Bier gebracht. Ich sah zu ihr hinüber an die Theke, in ihr schelmisches Gesicht. „Der Cappuccino schmeckt heute besonders gut!", rief ich ihr zu. Sie bedankte sich höflich und damit war der Tag gerettet. Jetzt konnte ich mich voll auf das Treffen mit meinem Vater konzentrieren.

Wir machten uns dann auf den Weg zu ihm. Eine halbe Stunde hatten wir eingeplant um zu seinem Kurhotel zu kommen. Auf dem Weg dorthin wurden wir drei immer nervöser. Wir redeten kaum ein Wort miteinander und das war ungewöhnlich. Jeder merkte dem anderen an, wie schwer es war in dieser Situation. Obwohl ich ja sonst die Ruhe selbst bin, merkte ich doch, dass mein Herz anfing zu flattern und mein Atem schneller wurde.

Kurz vor 12 Uhr erreichten wir das Kurviertel und wurden überrascht. Unten an der Hauptstraße empfing uns schon ein »Pinguin«, ein Page, der uns zum Hotel begleitete. Dort angekommen, begrüßten uns Victor und Pjotr mit einer Runde Wodka. Es scheint nicht ohne zu gehen, wir wollten zwar ablehnen, doch Pjotr meinte, dass wir das nicht dürften. Sie hätten uns doch über die Traditionen in Russland aufgeklärt. Was sollten wir dagegen tun? Unhöflich wollten wir auf gar keinen Fall sein! Es war ja schließlich meines Vaters Heimat.

Dann wurden wir auf die Dachterrasse geführt, Sonnenschirme waren aufgestellt und am Ende der Terrasse sah ich meinen Vater, wartend an einem großen Tisch sitzen.

Je näher ich ihm kam, desto unruhiger wurde ich. Ich war angespannt und wollte alles richtig machen, mich aber andererseits auch nicht verbiegen. Zwölf Jahre vorher war ich meinem Vater schon einmal fast so nah wie jetzt, dieses Mal musste es klappen. Ich konnte und durfte es nicht noch einmal platzen lassen. Dieser Moment war mit einer der wichtigsten in meinem Leben. Immerhin war mein Vater 82 Jahre alt geworden, und wir hatten noch nie persönlichen Kontakt.

Michail Cheraskow stand auf und machte einige Schritte auf mich zu. Dieser Mann ist mein Vater? Mein Gott - er sieht immer noch gut aus! Etwas zögernd, und fast ehrfürchtig näherte ich mich ihm. Er könnte mein älterer Bruder sein, so empfand ich in diesem Moment. Auf seinem Gesicht sah ich Freude, echte Freude.

Tränen kullerten über seine Wangen. Er breitete seine Arme aus, und ich hörte die erlösenden Worte: „Mein Sohn Alexander"! Ich brachte keinen Ton heraus, das hatte ich nicht erwartet, und fiel ihm einfach in seine ausgebreiteten Arme. Dann ließ auch ich meinen Freuden-Tränen freien Lauf. Es war unglaublich still. Beide nahmen wir unsere Umgebung nicht mehr wahr.

Was ist das doch für ein unendlich schönes Gefühl, nach langen Jahren seinen leiblichen Vater in den Armen zu halten. Wohl einige Minuten standen wir beide wie angewurzelt da, als mein Sohn Mike sich meldete und meinte: „Papa es ist gut, ich will meinen einzigen Opa auch einmal in die Arme nehmen!"

Ein Lächeln huschte über meines Vaters Gesicht. Er ließ mich los, winkte Mike lachend zu und rief: „Komm schon her!" Dann hielten sich beide in den Armen. Ich sah große Freude im Gesicht meines Vaters. Dann wurde ich aus meinen Gedanken gerissen als mein Sohn rief: „Hurra, hurra, ich habe jetzt noch einen Opa!"

Aus geringer Entfernung sah ich beiden weiter zu und sah, dass mein Vater schon meine Frau im Blick hatte. Nachdem Mike und sein Opa sich lösten, ging Michail mit festem Schritt auf meine Frau zu. Als erstes entschuldigte er sich für seine Unhöflichkeit, sie nicht zuerst begrüßt zu haben.

Das sei nicht seine Art, einer Frau, schon gar nicht seiner Schwiegertochter gegenüber, doch er rechnete in diesem Fall mit ihrem Verständnis. Die erste Begegnung mit seinem Sohn, von dessen Existenz er bis vor einiger Zeit nichts wusste, sei ihm so wichtig, dass sie ihm hoffentlich verzeihen kann. Dann nahm er auch meine Frau in seine Arme, hieß sie herzlich willkommen, und beglückwünschte sie zu zwei so tollen Mannsbildern.

Ich sah meiner Frau an, dass sie glücklich war. Sie strahlte übers ganze Gesicht. Endlich hatte ihr Mann seinen leiblichen Vater gefunden und für Mike war es toll, noch einen Opa zu haben. Als meine Mutter und auch mein Ziehvater starben, war unser Sohn noch nicht auf der Welt. Wir freuten uns riesig, dass Michail seinen Enkel sofort ins Herz schloss. Bei Mike waren wir uns ganz sicher, sonst hätte er nicht laut „hurra" geschrien.

Mich freute aber auch ganz besonders, dass mein Vater meine Frau so herzlich begrüßte. War es vielleicht die jahrelange Erfahrung als Diplomat? Anscheinend hatte auch sie sein Herz im Sturm erobert. Nach dieser herzlichen Begrüßungszeremonie setzten wir uns endlich an den schön gedeckten Kaffeetisch. Michails treue Begleiter, Victor und Pjotr, bedienten uns, reichten uns Kaffee, Gebäck und Kuchen, für mich hatten sie sogar extra ein kaltes Bier besorgt!

Das wunderte mich jetzt aber sehr. Woher wusste mein Vater, dass ich keinen Kaffee trinke und lieber ein kaltes Bier nehmen würde? Was mich aber noch mehr in Erstaunen versetzte, es war nirgendwo weibliches Personal zu sehen, das uns hätte auch bedienen können. Normal schien mir das nicht zu sein. Beide Freunde meines Vaters setzten sich wie selbstverständlich mit an den Tisch und wir unterhielten uns in einwandfreiem Deutsch.

Da mein Vater als Diplomat in den Niederlanden und in Deutschland tätig war, ging ich davon aus, dass er der deutschen Sprache mächtig ist. Von Victor und Pjotr wusste ich es. Mein Vater war selbst jetzt, mit zweiundachtzig Jahren, noch ein sehr gut aussehender Mann, doch er hatte keine weiblichen Bediensteten um sich. Das ließ mir keine Ruhe. Ich nahm meinen Mut zusammen und fragte ihn, warum hier keine weiblichen Angestellten sind.

Da schaute mein Vater mich sehr ernst an und sagte: „Ich habe Frauen sehr gerne und achte sie, doch bedienen sollen sie mich nicht, das ist erniedrigend für sie. Ich habe in meinem Leben so viel Elend gesehen, auch wie Frauen auf der ganzen Welt behandelt und erniedrigt werden, da habe ich beschlossen, nie und nimmer lasse ich mich von Frauen bedienen. Sie haben schon genug mit Schwangerschaft, Geburt und Erziehung zu tun. Ich werde es nie zulassen dass Frauen von Männern ausgebeutet werden!"

Ein Blick in die Augen meiner Frau zeigten mir, dass sie mit den Worten meines Vaters absolut einverstanden war. Ich konnte nichts darauf erwidern, meine Stimme war weg, ich bekam feuchte Augen. Genau das ist auch meine Einstellung, und das weiß meine Frau. Ich konnte ihre Gedanken lesen: „Der echte Sohn seines Vaters!"

Mein Vater sah mich immer noch ernst an und fragte: „Alexander, woher weißt du, dass ich dein Vater bin? Wer hat es dir erzählt? Ich habe erst bei deinem Besuch im Jahre 1976, durch meine Freunde Victor und Pjotr, von deiner Existenz erfahren. Bis dahin war ich völlig ahnungslos. Ich habe deine Mutter sehr geliebt, aber sie hat mir nie gesagt, dass sie ein Kind von mir erwartet. Hätte ich das gewusst, wäre mein Leben bestimmt anders verlaufen. Ich bitte dich jetzt und hier, sag mir die Wahrheit!"

Etwas beschämt sah ich ihn an und wollte ihm alles erzählen, doch meine Stimme versagte. Ich musste mich erst ein wenig fassen, denn seine Direktheit hatte mich überrumpelt. Nachdem ich tief Luft geholt hatte, war ich bereit ihm Rede und Antwort zu stehen.

„Wo fang ich nur an?", waren meine ersten Worte, „nach dem Tod meiner Mutter habe ich ihren Nachlass geordnet und dabei zwei, voneinander getrennte, Briefstapel gefunden. Es waren beides Liebesbriefe, die meines Ziehvaters, der er bis 1976 war, und der andere Stapel enthielt Briefe von einem mir völlig unbekannten Mann aus Maastricht.

Diese Briefe interessierten mich natürlich sehr, ich habe sie gelesen, aber nicht verstanden. Ich hatte doch keine Ahnung, dass meine Mutter schon vor meinem Vater eine Liebschaft mit einem anderen Mann hatte. Das hat sie mir verschwiegen. Ja warum sollte sie mir das auch sagen? Sie war niemandem Rechenschaft schuldig!

Ich hatte ja einen Vater. Sie kannte mich zu gut, hätte sie mir davon berichtet, wäre ich sofort dieser Spur nachgegangen und keine Ruhe gegeben, bis ich meinen leiblichen Vater gefunden hätte.

Das wollte sie wohl vermeiden und keine Unruhe in mein Leben bringen. In den Briefen las ich auch, dass sie auf ihre Briefe nie eine Antwort bekam. Und ich konnte lesen, dass die Botschaft der UDSSR ihr jeglichen Kontakt untersagt hatte. Als ich dann auf meiner Geburtsurkunde deinen Namen fand, war für mich klar, mein Vater ist gar nicht mein leiblicher Vater.

Es brach zwar keine Welt für mich zusammen, aber jetzt wollte ich auch alles daransetzen, meinen leiblichen Vater zu finden. Nun sitzt er vor mir! „Mannomann" bin ich glücklich dich gefunden zu haben."

„Und ich erst", war seine Antwort. „Ich bin aus Maastricht ohne Vorankündigung versetzt worden, und hatte nie die Gelegenheit, deine Mutter je wieder zu sehen, geschweige denn, sie zu sprechen. Woher sollte ich auch wissen, dass meine große Liebe ein Kind von mir erwartet?

Das Ganze ist durch den Verzicht der Sowjetunion an den Olympischen Spielen 1936 in Berlin teilzunehmen, geschehen. Wäre das nicht passiert, wäre bestimmt alles anders gekommen. Aber auch ich bin endlos glücklich, dass ich dich kennengelernt habe und in meinem Alter noch einen Sohn geschenkt bekomme." antwortete er und holte tief Luft.

Seine Augen strahlten mich an, wobei ich nicht wusste, wer von uns beiden der Glücklichere in diesem Augenblick war. „Zwölf Jahre musste ich noch warten bis mein Traum in Erfüllung gehen konnte", sagte er „leider hatte ich in dieser Zeit keine Möglichkeit Kontakt aufzunehmen. Es bestand immer noch der »Kalte Krieg«, und als Geheimnisträger der UDSSR war es mir nicht erlaubt, mit dem Feind zu korrespondieren.

Ich hatte gerade in der letzten Zeit auch so viel um die Ohren und wir hatten uns vorgenommen, den »Kalten Krieg« ein für alle Mal zu beenden!"

Was wir da von ihm hörten, haute uns drei um. „Was willst du damit sagen, wen meinst du mit - wir?", wollte ich nun von ihm wissen. Er schaute mich eindringlich an und sagte dann: „Es ist sowieso bald alles vorbei, da kann ich es dir auch sagen. Ein Versprechen musst du mir nur geben. Du musst striktes Stillschweigen darüber halten, was ich euch jetzt sagen werde. Versprich es mir in die Hand!"

Verdammt, dachte ich, was kann denn nur so geheim sein, dass man nicht darüber sprechen kann? Ich stand auf, ging zu meinem Vater, streckte ihm meine Hand hin und sagte: „Du kannst dich auf mich verlassen, es wird unser Geheimnis bleiben!"

Dann hörte ich ihn sagen: „Gut so, ich glaube dir!" Was wir dann von ihm hörten, war so unglaublich und haarsträubend, dass es niemand glauben würde, wenn wir es erzählten. „Die Familie Cheraskow war seit Ende des siebzehnten Jahrhunderts unzertrennlich mit der Lomossow-Universität in Moskau verbunden. Mein Ur-Ur-Großvater war Direktor dieser Universität und hat dafür gesorgt, dass nachfolgende Generationen dort studieren können.

Alle meine Vorfahren studierten dort, teils Militärwesen, teils Diplomatie aber auch Rechtswissenschaften.", fuhr er fort.

In dem Augenblick fiel mir Mr. Claus wieder ein. Ich hatte mir doch vorgenommen, meinen Vater danach zu fragen: „Hast du jemals von einem Mister Claus gehört? Er ist Ukrainer, Schriftsteller und Redakteur, ich kenne ihn, weil er in der Firma in der ich beschäftigt bin, eine russisch-ukrainische Zeitschrift herausbringt. Mr. Claus hat mir erzählt, dass er dich von der russischen Botschaft in Maastricht kennt."

„Ja den kenn ich", sagte mein Vater, „Mr. Claus hat bei mir an der Lomossow-Universität in der Abteilung, »Akademie der Künste«, seine Diplomarbeit gemacht. Das ist ja wirklich ein Zufall! Was macht Mr. Claus heute? Geht es ihm gut?" An meinem Gesicht sah er, dass das nicht der Fall war: „Ich habe lange nichts mehr von ihm gehört, vielleicht ist er verstorben." „Das tut mir sehr leid", war seine Reaktion.

Und dann erzählte er weiter: „Schon seit etwa zehn Jahren treffe ich mich, immer an einem streng geheimen Ort, mit Ehemaligen der Universität. Wir bereiten das Ende des »Kalten Krieges« vor. Deshalb darf das auch niemand wissen. Sollte auch nur der geringste Verdacht bestehen, oder der gehasste KGB davon erfahren, wäre das für uns das Ende, im wahrsten Sinne des Wortes."

„Wir sind nur ein kleiner Kreis und wissen nicht so recht, wie wir das anstellen sollen. Durch meine Tätigkeit an der Lomossow-Uni kam ich mit Michail Gorbatschow und Andrei Sacharow zusammen, und wir versuchten, international und auf diplomatischem

Wege, mehr Unterstützer unseres geheimen Plans zu finden.

In den Ostblock-Staaten fand sich niemand bereit, sich uns anzuschließen. Dabei mussten wir äußerst vorsichtig vorgehen, deshalb haben wir uns auch nur an die Leute herangewagt, die erkennen ließen, dass sie nichts mit dem Kommunismus zu tun haben. Da waren wir sicher, sie würden Stillschweigen bewahren!

Gerade in der DDR durften wir kein Risiko eingehen. Dort hatten wir es mit einem der gefürchtetsten KGB-Agenten zu tun. Vor einiger Zeit hatte Moskau eine KGB-Zweigstelle in Dresden eingerichtet. Die Leitung übernahm Wladimir Rubin, ein junger KGB-Major, der 1952 in Leningrad geboren wurde. Ohne ihn ging nichts in der DDR. Er überwachte sogar die Stasi. Mielke, der eigentliche Herrscher der Stasi, wurde darüber nicht informiert.

Schon 1982 bemerkten wir, dass sich in der DDR immer wieder Gruppen bildeten, die durch Friedensgebete in verschiedenen Kirchen, die Bürger zum Protest gegen den eigenen Staat aufrufen. Sie mussten nur sehr vorsichtig sein, denn „Horch und Guck" war überall.

Irgendwann war es auch kein Wunder, dass die Stasi davon Wind bekam und etliche Menschen verhaftete, mit der Begründung: „Sie seien staatsfeindliche Elemente".

Allerdings durch diese Friedensgebete wurde die Bevölkerung der DDR immer mutiger und es kam zu öffentlichen Auseinandersetzungen mit der Staatsmacht. Daraufhin hat das Politbüro 1984 überlegt, einige Tausend junge Leute spontan ausreisen zu lassen. Sie wollten so den Unruheherd ein für alle Mal ausschalten. Das ging schief, denn es wurde nicht genehmigt."

Ich sah meine Frau und unseren Sohn an. Totale Ratlosigkeit war in ihren Gesichtern zu sehen. Was mein Vater uns hier erzählte, war wirklich nicht zu glauben. Dass es Friedensgebete in der DDR gab, wussten wir. Dass aber ausgerechnet mein Vater mit einer der Drahtzieher war, und er auch noch Gorbatschow und Sacharow kannte, war unglaublich.

„Das ist doch alles nicht wahr, oder?", fragte ich ihn. „Du willst uns erzählen, ihr wollt den »Kalten Krieg« beenden? Wie soll das denn gehen?"

Von dieser Frage war mein Vater nicht gerade begeistert. Sein Gesicht wurde ernst, er sah mich etwas genervt an, dann sagte er: „Warte ab, es wird nicht mehr lange dauern und alle werden sich wundern!

Andrei Sacharow wurde schon früh verhaftet und 1980 nach Gorki verbannt, doch Michail Gorbatschow rehabilitierte ihn 1986 und machte ihn zum Leiter der »Sowjetischen Akademie der Wissenschaft« in Moskau. Und von da an begann Gorbatschow ganz offiziell zu intervenieren. Als Generalsekretär konnte er es sich leisten und brauchte keine Angst haben, auch verhaftet und verbannt zu werden.

Er hat mir im Vertrauen einmal gesagt: „Micha, ich habe eine Einladung vom amerikanischen Präsidenten Ronald Reagan bekommen, eine Rede vor ausgesuchtem Publikum, in Washington, zu halten. Dort werde ich mit ihm über die Beendigung des »Kalten Krieges« sprechen. Wir haben sehr oft miteinander telefoniert und glaub mir, Reagan will auch, dass der »Kalte Krieg« so schnell wie möglich beendet wird."

Vielleicht könnt ihr euch daran erinnern, als Ronald Reagan letztes Jahr, am 12. Juni 1987 in Berlin, bei einer Kundgebung ins Mikrophon sagte: „Mr. Gorbatschow, tear down this wall!"

Bis jetzt ist noch nichts geschehen, doch die Bevölkerung der DDR wird immer unruhiger. Sie werden auf die Straßen gehen und sich gegen die Unterdrückung wehren. Ich weiß genau, dass in Kürze die Friedensgebete in der Nikolei-Kirche von noch mehr Menschen besucht werden."

Für eine kurze Zeit sprach niemand ein Wort. Mein Vater war mit seiner Ansprache fertig, und wir mussten das Gesagte erst einmal verdauen. Seine Worte zeigten Wirkung bei mir. Meiner Frau ging es genauso. Sie war ja noch intensiver verwurzelt mit den Bekannten und Freunden in der DDR als ich. Und Mike war noch zu jung, um die Tragweite dieser Worte zu erkennen.

Meine Gedanken überschlugen sich: „Soll ich ihm das wirklich glauben? Ausgerechnet mein Vater will das wissen? Gut, von Gorbatschow wissen wir, dass er Glasnost und Perestroika eingeführt hat, Unruhen gibt es nicht nur in der DDR, sondern auch in mehreren Staaten des Ostblocks.

Von Sacharow hatten wir auch gehört, und an die Rede des amerikanischen Präsidenten konnten wir uns gut erinnern. Ich habe damals gedacht, der traut sich aber was."

In meinem Inneren war ich hin und her gerissen. Endlich habe ich meinen leiblichen Vater gefunden, mich riesig gefreut, und jetzt diese Geschichte! Schade, dass meine Mutter das nicht mehr erlebt hat, sie wäre außer sich vor Stolz. Und jetzt sitze ich hier mit ihm und denke: „Das kann doch alles nicht wahr sein."

Ich schaute dem zweiundachtzig-jährigen Mann ins Gesicht und war stolz, solch einen Vater zu haben. Die Zeit des Abschieds war gekommen. Das langersehnte Zusammentreffen hat doch einige Zeit gedauert. Andererseits war es auch wieder viel zu schnell vorbei. Wir hatten aber nur noch den nächsten Tag in Sotschi, dann ging es wieder zurück nach Deutschland.

Wir verabschiedeten uns mit einer herzlichen Umarmung und bedankten uns für seine Gastfreundschaft. Unbemerkt hatte Pjotr noch schnell eine Runde

Wodka herbeigezaubert, die wir nicht ausschlugen. Ein bisschen wehmütig verließen wir ihn, und haben vergessen, uns erneut zu verabreden. Aber das können wir ja noch nachholen, dachte ich. Auf dem Rückweg zu unserem Hotel sprachen wir kaum ein Wort. Jeder hing seinen Gedanken nach. Das, was wir gehört haben, musste jeder für sich erst einmal verarbeiten.

Nachdem wir wieder im Hotel waren, führte uns der erste Weg in die Keller-Bar, um noch etwas zu trinken. Dort angekommen, kam schon Friedhelm mit einigen Dosen Kaviar auf uns zu. Er wollte sie mir gerade geben, dabei schaute ich ihn völlig überrascht an. Ich musste ihm erst klar machen, dass ich das Geld dafür nicht dabei habe, und ich es ihm morgen, auf dem Weg zum Flughafen, gebe. Er war damit einverstanden, nickte nur und ging wieder zu seinen Mädchen.

Am letzten Abend blieben wir noch lange in der Keller-Bar und sprachen doch noch über das Gehörte. Wir waren viel zu aufgeregt, um sofort schlafen gehen zu können. Dann hatten wir auch noch Spaß, denn die DDRler kamen, um sich zu verabschieden.

Überrascht wurden wir von Willi, unserem Bekannten aus dem Flieger, als er mit »Erika aus der DDR« eng umschlungen herein kam, um sich zu uns zu setzen. Wenn »die« wüssten, was die Zukunft für sie bereit hält, dachte ich. Wir wollen mal abwarten, ob sich alles so erfüllt, wie mein Vater es prophezeit hat.

Mit Erika wollten wir nach dem Urlaub Kontakt halten. Sie wohnte in Döbeln, mitten in Sachsen, dort würden wir sie auch einmal besuchen wollen, wenn das möglich wäre. Sie erzählte uns dann aber, dass sie ohne Schwierigkeiten nach Westdeutschland reisen darf. Das machte uns stutzig! Hatte sie uns etwas vorgespielt, war sie nicht ehrlich?

Sie merkte sofort, dass wir darüber nachdachten und erklärte uns, dass sie Früh-Rentnerin sei und somit jederzeit in den Westen fahren darf. Das mussten wir ihr erst einmal glauben und wollten abwarten, was uns die Zukunft bringt.

Am nächsten Morgen, auf der Fahrt mit dem Bus zum Flughafen Adler, trafen wir »unseren speziellen Freund Friedhelm«, völlig betrunken, mit zwei seiner Russinnen. Von uns nahm er keine Notiz. Er sah uns einfach nicht. Ich wollte ihn ansprechen, doch seine beiden Begleiterinnen winkten ab und meinten, er sei gar nicht anwesend.

In der einen Hand hatte er noch eine Flasche Krimsekt, und in der anderen Hand die Hüfte eines seiner Mädchen. Sie hingen beide an ihm wie Kletten und erzählten uns, dass sie mit Friedhelm nach Deutschland fliegen. Was wir natürlich nicht glaubten, denn dazu benötigten sie einen Pass. Ob das alles so stimmt, werden wir beim Einchecken sehen.

Den beiden älteren Damen gaben wir ihre Kaviar-Dosen, die sie ja schon bezahlt hatten. Wir wollten

Friedhelm jetzt das Geld für den Kaviar geben, doch er war total weggetreten. Also warteten wir bis Frankfurt, um es ihm dort zu geben, wenn er wieder nüchtern ist. Selbst auf dem Flug nach Sewastopol, und weiter nach Frankfurt, wurde Friedhelm nicht mehr richtig wach. Seine beiden Begleiterinnen hatten es tatsächlich geschafft mitzufliegen. Wie auch immer - das muss Friedhelm wohl vorher schon organisiert haben.

Mit den kleinen Dosen Kaviar kamen wir in Deutschland ohne Probleme durch den Zoll. Wir suchten nach Friedhelm, der war verschwunden. Wir hatten weder Nachnamen, noch eine Adresse. Jetzt haben wir gar nichts für den Kaviar bezahlt, so viel Glück hat man selten. Aber es traf ja auch keinen Armen!

Zuhause angekommen, fielen mir die Vorwürfe von Wladimir Rubin wieder ein, wir hätten Devisenschmuggel betrieben. Dafür, dass unser »spezieller Freund Friedhelm« uns seine Hilfe anbot, sind wir ihm im Nachhinein noch dankbar. Wer weiß, wo wir gelandet wären.

Auf dem Heimflug hatten wir noch mit Willi verabredet ebenfalls Kontakt zu halten. Von ihm erfuhren wir, dass er auch mit Erika in Kontakt bleiben wollte. Anscheinend hatten sich beide ineinander verliebt. Sie wollte demnächst nach Deutschland kommen und ihn zuhause in Unna besuchen. Wenn das stimmt, hätte sie mit der Aussage, sie sei Früh-Rentnerin, die Wahrheit gesagt. Willi sagten wir, er soll uns früh genug benachrichtigen, über einen Besuch von ihnen würden wir uns sehr freuen.

Die Geschichte meines Vaters ging uns nicht aus dem Sinn. In der nächsten Zeit beobachteten wir das Zeitgeschehen mit besonderem Interesse. Wir wollten doch einmal sehen, ob das was er uns voraussagte, auch eintrifft. Mein Vater war sich seiner Sache sehr sicher. Die Medien berichteten über zunehmende Fluchtversuche aus der DDR. Auch die Friedensgebete in Leipzig hatten immer mehr Zulauf.

Und in noch einem wichtigen Punkt schien mein Vater Recht zu behalten. Durch die Reformpolitik von Michail Gorbatschow hat sich das Verhalten der SED und der ostdeutschen Medien grundlegend verändert. Die neuen Reformen der UDSSR hatten aber auch weitreichende Auswirkungen auf die anderen Länder des »Warschauer Paktes«, wie z.B. Polen, Ungarn und die Tschechoslowakei.

Anfang 1989 wurde die erste »freie Gewerkschaft« des Ostens, in Polen, gegründet – Solidarnocs – und damit begann der Zerfall des gesamten, sozialistischen Systems. Der polnische Gewerkschafter Lech Waleca war der Gründer, er bot damit der sowjetischen Führung in Moskau die Stirn.

So wie es jetzt aussah, zeigt das Intervenieren von Michail Gorbatschow, Andrei Sacharow, sowie die heimliche Unterstützung meines Vaters und seiner Verbündeten, Wirkung.

Für mich war es die spannendste Zeit meines Lebens. Ich konnte es kaum erwarten ob die Ankündigung meines Vaters, den »Kalten Krieg« zu beenden, tatsächlich eintrifft. Immer mehr DDRler wagten die Flucht in den Westen, über Drittländer: wie Ungarn, Bulgarien, die Tschechoslowakei oder Rumänien. Sie machten in diesen Ländern Urlaub, ließen spontan ihr ganzes Hab und Gut dort zurück, und suchten Zuflucht in den jeweiligen »Deutschen Botschaften«.

Im Mai 1989 feierten wir unsere Silberhochzeit und hatten Erika und Willi dazu eingeladen. Was wir nicht für möglich hielten, traf ein. Erika kam wirklich aus der DDR. Mit beiden verabredeten wir, vielleicht im nächsten Jahr in die DDR zu fahren, um Erika in ihrer Heimatstadt Döbeln zu besuchen.

Ein ganzes Jahr war mittlerweile vergangen nach dem Treffen mit meinem Vater in Sotschi. Jetzt schrieb ich einen Brief und schilderte ihm meine Beobachtungen der letzten Zeit. Ich wollte ihm sagen, dass ich seine Ankündigungen und seine Meinung ernst genommen habe, und an ihn glaube. Er sollte stolz auf seinen Sohn sein. Ihn in Sotschi erneut zu besuchen war mir im Augenblick nicht möglich, ich war beruflich zu sehr eingebunden.

In meinem letzten Brief lud ich ihn ein, mich in Deutschland zu besuchen. Als ehemaliger Diplomat darf er doch bestimmt in die Bundesrepublik einreisen, und ich kann ihm meine Heimat zeigen. Nach einiger Zeit bekam ich dann Antwort, er könne nicht kommen, die Ereignisse überschlugen sich, und er stecke mitten in den alles entscheidenden Verhandlungen.

Von seiner Absage war ich enttäuscht, versuchte aber ihn zu verstehen. Sicherlich waren seine Bemühungen, endlich den »Kalten Krieg« zu beenden, das Wichtigste in seiner Zeit. Ich dachte nur, hoffentlich gelingt ihm das auch, und er bleibt gesund, damit ich ihn wiedersehen kann.

Es war der 11. September 1989, als die ungarische Regierung ganz plötzlich die Grenze zu Österreich für DDR-Bürger öffnete. Jeder wurde von diesem Ereignis überrascht, besonders ich. „Hat er doch Recht behalten, dieser schlaue Fuchs", dachte ich, und freute mich riesig.

Das waren wohl »SEINE« entscheidenden Verhandlungen. Diese Grenzöffnung Ungarns war wohl mit der ausschlaggebende Punkt, dass am Ende die DDR unterging. Zehntausende DDRler reisten in den folgenden Wochen über Ungarn und Österreich aus.

Ihre Trabis und Ladas ließen sie einfach in Ungarn oder der Tschechoslowakei zurück. Die langersehnte Freiheit war ihnen so viel wichtiger, als »die Rennpappe«, so nannten sie ihren Trabant.

Tausende flüchteten auch in die Prager Botschaft der Bundesrepublik, weil sie den Regierenden nicht trauten und Angst hatten, zurückgeschickt zu werden. Auf

Druck der sowjetischen Führung, unter Gorbatschow, musste die DDR-Führung einlenken, und die Flüchtlinge aus der Botschaft ausreisen lassen.

Zwei Tage später erhielt ich einen Brief meines Vaters, in dem er seine Erleichterung ausdrückte: „Alexander, ich bin überglücklich dass alles so abgelaufen ist wie geplant. Lange genug hat es gedauert! Glaubst du mir, wenn ich dir sage, dass euer Außenminister Genscher, eingeweiht war?

Außerdem waren noch Vertreter beider Staaten dabei, von der Bundesrepublik der Regierende Berliner Bürgermeister Momper, und von der DDR das Politbüromitglied Schabowski. Das aber ist noch nicht das Ende, glaub mir, es kommt noch besser. Danach bin ich bereit, dich und deine Familie in Deutschland zu besuchen. Hab weiter Vertrauen. Bis bald. Dein Vater."

Was sollte ich dazu sagen? Ich war sprachlos. Mit noch größerer Aufmerksamkeit verfolgte ich jetzt die Geschehnisse im Umgang mit der DDR. Die Montagsdemonstrationen, in Leipzig und anderen Städten der DDR, brachten das Fass zum überlaufen.

Am 9. Oktober 1989 war es dann endlich soweit. Immer mehr Menschen versammelten sich in Leipzig zu der größten Montagsdemonstration, die die DDR je gesehen hat. Cirka 70.000 Demonstranten ließen sich nicht mehr aufhalten und riefen immer wieder: „Wir sind das Volk" und „Gorbi, Gorbi".

Der Marsch führte sie zu den Grenzübergangsstellen der DDR in Berlin, Bornholmer Straße. Die Führung der DDR kapitulierte, ob der nicht erwarteten Übermacht des Volkes. Sie beschloss unter diesem Druck, eine für sie eigentlich nicht zu akzeptierende Regelung.

„Privatreisen nach dem Ausland können ohne Vorliegen von Voraussetzungen, das sind Reiseanlässe und Verwandtschaftsverhältnisse, beantragt werden. Die Genehmigungen werden kurzfristig erteilt. Die zuständigen Abteilungen sind angewiesen."

Das bedeutet: „Reisefreiheit für alle!"

Kaum zu glauben dieser Schachzug! Damit wollten sie wohl eine „Massen-Flucht" verhindern. Der Beschluss ging jedoch nach hinten los. Der Ruf nach Freiheit wurde immer lauter.

So kam es am 9. November 1989 zu der Pressekonferenz in der Günther Schabowski, vom Politbüro, nochmal die Regelung verlas:

„Und deshalb haben wir uns dazu entschlossen, heute eine Regelung zu treffen, die es jedem Bürger der DDR möglich macht, über Grenzübergangspunkte der DDR auszureisen."

Auf die Frage eines italienischen Journalisten: „Ist die Regelung nicht ein Fehler des Systems?", antwortete Schabowski: „Die Genehmigungen werden kurzfristig erteilt und das tritt nach meiner Kenntnis, sofort, also unverzüglich ein."

Ich habe diese Pressekonferenz erst am nächsten Tag im Fernsehen erlebt. Tags zuvor sind wir, ohne etwas zu ahnen, abends ins Bett gegangen. Morgens weckte mich immer mein Radiowecker. Ich stand fast senkrecht in meinem Bett, als er sich an diesem Morgen einschaltete, und ich das Lied »Auf der Mauer, auf der Lauer sitzt ein kleiner Vopo« hörte, und das mehrere Male hintereinander. Sofort machte ich das Radio lauter hörte die Menschen rufen und laut schreien: „Wir sind frei, wir sind frei! Die Mauer ist auf!"

Es war ein unbeschreiblicher Jubel, und der Kommentator bestätigte: „Leute hört euch diesen Jubel an. Die Mauer ist auf. 40 Jahre hat es gedauert, endlich ist die Mauer auf!"

Tränen liefen über unsere Gesichter, wir konnten es nicht fassen, was uns da entgegenschallte: „Wir sind frei, wir sind frei!" Immer wieder und wieder. Wir standen sofort auf, schalteten den Fernseher ein und auf fast allen Programmen war nur von der Öffnung der Mauer die Rede.

Ich konnte meine Tränen nicht aufhalten, und mir fielen die Worte meines Vaters ein, als er schrieb: „Es ist aber noch nicht zu Ende, glaub mir es kommt noch besser. Danach bin ich soweit, dich und deine Familie in Deutschland zu besuchen. Hab weiter Vertrauen. Bis bald. Dein Vater."

An diesem und den nächsten Tagen lief der Fernseher heiß. Die DDRler kamen in Scharen in die Bundesrepublik, zu Fuß oder mit dem Trabi. Jubelnde Menschen - wohin man auch sah! Der größte Überwachungsstaat, die DDR, ist zusammengebrochen.

Mein Vater und seine Freunde haben es geschafft! Nie und nimmer habe ich das geglaubt! Ab sofort ist dieser dreiundachtzigjährige Mann mein Held. Unglaublich, ich habe meinen leiblichen Vater gefunden, der dann auch noch mit schuldig am Untergang des DDR-Staates ist. Wie verrückt ist diese Welt?

Einige Tage warteten wir auf unsere Freunde und Bekannten aus der DDR. Bei jedem haltenden Auto stürzten wir ans Fenster. Leider vergeblich! Sie mussten wohl arbeiten, oder konnten kein frei bekommen, oder hatten einfach Angst. Wir waren ganz schön enttäuscht.

Als die erste Euphorie vorbei war, schrieb ich meinem Vater einen Brief, in dem ich ihn ganz offiziell einlud uns zu besuchen. Telefonisch konnte ich ihn nicht erreichen, und nochmal nach Sotschi fliegen war auch nicht möglich, da ich keinen Urlaub mehr hatte.

Nach einiger Zeit flatterte ein Brief meines Vaters ins Haus, in dem er mitteilte, sein Freund und Mitstreiter Andrei Sacharow sei im Dezember 89 in Moskau verstorben. Um ihm die letzte Ehre zu erweisen war er mit seinen Freunden, Victor und Pjotr, in Moskau. Bei der Beerdigung hat Michail all seine Freunde und

Verschwörer, die für den Fall der Mauer verantwortlich waren, wieder getroffen.

Michail Gorbatschow war jetzt der starke Mann in der UDSSR und setzte seinen Kurs der Völkerverständigung, Glasnost und Perestroika, unbeirrt fort. Weiter schrieb er mir, dass er trotzdem noch sehr vorsichtig sein müsse, denn die Sache sei noch nicht ganz ausgestanden, denn der KGB war mit der Situation und der neuen Freiheit der Bürger, gar nicht einverstanden.

Er fragte auch ob ich mich an den Sicherheitsbeauftragten von Sotschi, Wladimir Rubin, erinnere. Dieser Rubin sei jetzt der führende Mann im russischen Geheimdienst und strebe nach noch mehr Macht. Michail Gorbatschow habe ihm kürzlich berichtet, dass auch er noch sehr vorsichtig sein muss, denn der KGB hat schon einen Putsch versucht, der aber vereitelt wurde.

In naher Zukunft will er nach Deutschland kommen und uns besuchen. Unser Sohn Mike freute sich riesig, seinen Opa in seiner Heimat zu begrüßen. Er machte schon Pläne, was er ihm alles zeigen kann. Es sollte aber alles noch länger dauern, als erwartet.

Anfang 1990 hatten wir mit Willi vereinbart, gemeinsam seine Freundin Erika in ihrer Heimat zu besuchen. Wir wollten sie überraschen. Die Mauer war weg, es konnte uns niemand mehr daran hindern, unbehelligt in die DDR zu reisen, dachten wir.

Wir wussten allerdings nicht, wie die Sicherheitsorgane der DDR reagieren.

Einige Tage nach Neujahr starteten wir unsere Fahrt in die DDR. Die erste Überraschung erlebten wir an der Grenze zu Thüringen, in Herleshausen. Die Grenzer waren auf einmal alle sehr freundlich und schauten nicht mehr so grimmig drein wie früher.

Wir fuhren in Willis Wagen mit und wurden kaum kontrolliert. Sie wünschten uns sogar eine schöne Reise. Man sah ihnen an, dass sie über die neue Situation begeistert waren. Ich hatte allerdings den Eindruck, sie wussten selbst nicht so genau, wie sie mit dieser neuen Freiheit umgehen sollten.

Vierzig Jahre war die DDR ihre Heimat die sie beschützen und verteidigen sollten und wollten. Auf einmal bahnte sich die Wiedervereinigung Deutschlands an. Die Mauer war gefallen, jetzt mussten noch die Schranken in ihren Köpfen geöffnet werden. Damit mussten viele Menschen in Ost und West erst einmal fertig werden.

Meine Frau beglückwünschte die Grenzbeamten zu ihrer neuen Freiheit und überreichte jedem einen Piccolo. Die überraschten Gesichter zu sehen, war schon die Reise wert.

Es war Winter, und wir auf dem Weg nach Döbeln, Erikas Wohnort. Dabei kamen wir durch einige Orte von denen wir noch nie gehört haben. Was wir hier sahen, verschlug uns die Sprache. Häuser und Bauernhöfe waren in einem dermaßen schlechten Zustand, dass wir dachten, es fehlt nur noch ein kleiner Windhauch, und sie fallen in sich zusammen.

Es fehlte an allen Ecken und Kanten, Farbe oder Putz haben sie schon seit Jahren nicht gesehen. Einige Häuser waren sogar mit Holzstempeln abgestützt, damit sie nicht zusammenkrachten. Da wir in den vergangenen Jahren sehr oft in Thüringen bei unseren Bekannten waren, haben wir die DDR mit anderen Augen gesehen. Trotz der schlechten Versorgung haben die Menschen es immer wieder verstanden, sich ihre Heimat so schön wie nur eben möglich zu machen.

Doch so schlimm, wie hier in dieser Gegend, haben wir uns die DDR nicht vorgestellt. Baumärkte, Autohäuser, moderne Geschäfte, das alles gab es nicht. Kein Wunder, dass die Bürger nicht mehr zufrieden waren. Westfernsehen haben die meisten doch geschaut, und wussten dadurch, dass es auch anders aussehen kann.

Wir erreichten Döbeln, und mussten uns durchfragen nach Erikas Adresse. Sie wohnte in einem Hochhaus aus Fertigbauteilen, im Volksmund »Plattenbau« genannt. Das war typisch für die DDR, die Bauten sah man überall. Es muss schrecklich gewesen sein in so einem Plattenbau zu wohnen. Man kennt seine Mitbewohner und engsten Nachbarn nicht, der Feind aber, kann direkt nebenan wohnen.

Als wir dann endlich an Erikas Wohnungstür schellten, waren wir total gespannt, wie sie auf unseren Überfall reagieren würde. Willi hatte uns versichert, dass Erika von unserem Besuch nichts weiß. Es war auch so, denn als die Tür aufging und sie uns sah, war unsere Überraschung gelungen.

Sie brachte erst kein Wort über ihre Lippen, dann aber strahlte ihr Gesicht. „Was macht ihr denn hier? Wie habt ihr mich gefunden? Durftet ihr einfach so in die DDR reisen? Ich weiß, die Mauer ist weg, aber dass ihr sofort kommt. Nein, das glaube ich nicht!" Erika konnte sich nicht beruhigen und plapperte ununterbrochen.

Willi fiel ihr um den Hals und dann sangen wir drei: „Happy Birthday to you!" Sie hatte genau an diesem Tag Geburtstag. Was wir allerdings nicht wussten, sie wollte den Geburtstag bei ihrer Tochter auf dem Land feiern. Spontan lud sie uns ein, mit ihr dorthin zu fahren.

Es war ein kleines Dorf, ganz in der Nähe. Auch ihre Tochter fiel aus allen Wolken als wir dort auftauchten. Sie kannte ja noch keinen von uns. Sie wohnte in einem kleinen Bauernhaus und Erika hat uns dort untergebracht. Willi allerdings, nahm sie mit in ihre Wohnung.

Zu der Geburtstagsfeier kamen noch Erikas Schwester mit Mann und ein anderes Ehepaar. Im Laufe des Nachmittags kamen wir darauf zu sprechen, woher wir Erika kannten, und erzählten dann von unserem Urlaub in Sotschi, und was wir da so alles erlebt hatten.

Wieso Sotschi, wollten sie wissen, und als sie erfuhren, dass mein leiblicher Vater ganz in der Nähe von Sotschi wohnt, verstanden sie unsere Reise dorthin. Dabei kamen wir auch auf unsere Begegnung mit dem Sicherheitsbeauftragten von Sotschi zu sprechen, und über das Verhör, er aber unverrichteter Dinge wieder abziehen musste.

Als der Name Wladimir Rubin fiel, verstummte die Unterhaltung. Alle DDRler sahen sich an und machten keine Anstalten sich zu äußern.

Erika gab mir ein Zeichen, sie wollte mir zeigen wo die Toiletten sind. Wir gingen eine Etage höher und hier erfuhr ich von ihr, wer das befreundete Ehepaar ist. Der Mann, Margo, war früher bei der Fahne, so wurde das Militär der DDR genannt. Er hatte einen hohen Dienstgrad. Mit Rubin hatte er mehrmals Kontakt und von ihm wusste Erika wie gefährlich der Mann war.

Margo hat uns vor einigen Jahren erzählt, dass Rubin seit 1985 Chef des KGB in Dresden gewesen ist. Er soll auch der Initiator eines geheimen Projektes gewesen sein, ein neues Internierungslager in der Nähe von Dresden anzulegen. Dort sollten alle Staatsfeinde des In- und Auslandes untergebracht werden. Margo hätte die Pläne dazu gesehen, er war für die Überwachung der Anlage vorgesehen. Deshalb kennt er Rubin sehr genau.

In der Kürze der Zeit konnte Erika mir nicht mehr sagen, sonst wären die anderen stutzig geworden. In den weiteren Gesprächen warnte er, uns nicht mit Wladimir Rubin anzulegen. Wir konnten ihn davon überzeugen, dass uns nichts passiert ist und wir heil aus der Untersuchung herausgekommen sind.

Jetzt wollten alle genau wissen, worum es bei der Untersuchung ging. Wir erzählten ihnen von Sabine, die uns angeschwärzt hatte, aber uns nichts nachweisen konnte. Margo konnte sich noch genau erinnern, dass sich aus der gesamten DDR immer wieder einzelne Personen an Rubin gewandt haben, um sich mit »Geheimnissen« anzubiedern. Sie rannten ihm praktisch die »Bude« ein.

Laut Margo ist Rubin aber alles zu Kopf gestiegen, und er ist nach dem Mauerfall in seine Geburtsstadt St. Petersburg, zurückbeordert worden. Wir erfuhren noch so einiges über die DDR, waren aber froh, dass Erikas Verwandtschaft nichts mit der Stasi zu tun hatte.

Nach einigen Tagen mussten wir uns von ihnen verabschieden, sollten aber wie früher, uns bei der Polizei oder im Büro des Bürgermeisters offiziell abmelden. Die DDR war ja noch nicht aufgelöst. Zu unserer Überraschung nahm niemand von uns Notiz, denn als wir in das Büro kamen, wurden wir nicht beachtet wie früher. Anscheinend wollten sie uns nicht verstehen oder wussten nichts von einer Abmeldung.

So verließen wir den Raum wieder mit der Aussage: „Na gut, wenn ihr nicht wollt, dann eben nicht!" Selbst an der Thüringischen Grenze machten die Beamten keine Anstalten mehr, uns zu kontrollieren und ließen uns ohne Ausreisestempel passieren. Das war zu den »alten DDR-Zeiten« eine Unmöglichkeit.

Der Winter war vorbei, mein Vater war immer noch nicht eingetroffen. Ich machte mir große Sorgen um ihn. Deshalb suchte ich mir die Telefonnummer seines Kurhotels in Sotschi heraus, und rief dort an. Es dauerte eine Weile, dann hatte ich Victor an der Strippe, und erfuhr von ihm, dass mein Vater, kurz nach der Beisetzung Sacharows, in Moskau erkrankt sei und sich dort in seiner Wohnung erholen müsse.

Victor versicherte mir aber auch, dass mein Vater seinen Besuch in Deutschland fest eingeplant hat und mich auf jeden Fall besuchen will. Es könne aber Sommer werden, denn Michail wolle erst reisen, wenn er sich wohl fühle. Die Reise wäre sonst zu anstrengend.

Als ich diese Nachricht von Victor hörte, freute ich mich, dass mein Vater sein Versprechen, mich zu besuchen, einhalten will. Es war Geduld angesagt. Ich musste mir immer wieder sagen: „Mein Vater ist mittlerweile 84 Jahre alt, und es ist bewundernswert, dass er sich zu solch einer Reise entschlossen hat."

Aus den Medien erfuhr ich dann, dass sein Freund Michail Gorbatschow am 14. März 1990 zum Staatspräsidenten der UDSSR gewählt wurde. „Das ist ja eine fantastische Neuigkeit", dachte ich, „da wird mein Vater sich aber freuen. Dann ändert sich in der UDSSR alles. Vielleicht geht der Kommunismus seinem Ende entgegen. Wenn ja, brauchen sie alle keine Angst mehr haben."

Jetzt musste ich nur noch abwarten, wann mein Vater sich bei mir meldet, oder vor meiner Haustür steht. In den Medien verfolgte ich die Situation in Russland, soweit es möglich war. Ganz überrascht und in großer Sorge war ich, als im Fernsehen zu sehen war, dass bei der traditionellen Maiparade in Moskau, die gesamte sowjetische Staatsführung, unter Michail Gorbatschow, ausgepfiffen wurde.

Sollte mein Vater vor Angst um Gorbatschow krank geworden sein? Hält er sich noch in Moskau auf? Hoffentlich verkraftet er das gut und hoffentlich passiert ihm nichts.

Es muss meinen Vater doch härter getroffen haben, denn einige Wochen später kam ein Brief aus Sotschi, in dem ich von Victor erfuhr, dass mein Vater an einem Herzinfarkt verstorben war. Das war ein Schock für mich. Da hatte ich endlich meinen Vater gefunden, war begeistert von ihm, dann stirbt er mir einfach so!

Das Leben ist nicht immer gerecht!

Bereits veröffentlichte Bücher des Autors:

Das »Neueste« von RUDOLPH red-nosed Reindeer.

Die „moderne" Geschichte des berühmtesten Rentieres der Welt berichtet von seinen Eltern, seiner Geburt und wie es zu seinem Namen kam. Wie **Rudolph** in seinem Rentierdorf, das den Namen **„Rotes-Nasen-Land"** trug, heranwuchs und sich entwickelte, auf dem Weg nach **„Toyland"**, am Nordpol. Sie zeigt, was er in **„Santa-Claus-City"** erlebte, und wie er zum „Führungsrentier" von Santa`s Rentiercrew erkoren wurde.

Santa Claus lebt in Toyland am Nordpol mit Mrs. Santa, umringt von seinen Helfern wie Elfen, Kobolden und Wichteln, die ihm treu zur Seite stehen und ihm bei seinen Aufgaben helfen. Das ganze Jahr hindurch treffen die tollsten Wünsche der Kinder im Santa-Claus-Postamt am Nordpol ein. Seine Helfer müssen nicht nur die „Wunschbriefe", sondern auch „e-mails" und die verrücktesten „SMS" und MMS durchforsten. Um alle Wünsche für das Weihnachtsfest zu erfüllen, errichtete Santa Claus am Nordpol riesige Fertigungshallen für die Spielzeuge, elektronischen Geräte und alle anderen kleinen und großen Geschenke.
ISBN: 978-3-7322-8060-5

„Santa`s Rentier-crew"

Nachdem die Geschichte von **Rudolph, red-nosed Reindeer** fertig war, wurde ich sehr oft nach den Geschichten der anderen 8 Rentiere gefragt die den Schlitten von **Santa-Claus** zogen.

Sofort hatte ich die Idee auch für jedes dieser Rentiere eine eigene spezielle Geschichte zu schreiben. Am Ende wurden daraus 7 Geschichten, obwohl es 8 Rentiere waren.

Dasher, das größte Rentier vom Baikalsee in Sibirien.
Dancer, das stärkste Rentier vom Ladogasee.
Prancer, der stolze Tänzer aus Labrador in Kanada.
Vixen, aus Patagonien, Argentinien.
Comet, sein Ursprungsland war Lappland, Norwegen.
Cupid, ein Inuit-Rentier von der Eisinsel Grönland.
Donner und Blitzen, sind Zwillinge aus dem Erzgebirge in Deutschland.

Abschließend schrieb ich eine schöne Geschichte über die 3 Söhne von Santa Claus und Mrs. Santa. Die Anregung dazu gab mir mein Enkel Dennis, der damals etwa 7 Jahre alt war.
Er hat mich dabei kräftig unterstützt.

ISBN: 978-3-7347-7669-4

Der gestohlene Zwilling

Als ich kurz nach der Jahrtausend-Wende bei einer Routineuntersuchung von meiner Leukämie-Erkrankung erfuhr, konnte ich mich an einen Gedanken erinnern der mich nicht mehr los ließ:
„Sollte mich in den nächsten Jahren auch einmal dieser teuflische Krebs erwischen, werde ich mich mit allen mir zur Verfügung stehenden Mitteln gegen diesen Bastard zur Wehr setzen. Mich wirst du nicht klein kriegen!"

Seit der endgültigen Krebs-Diagnose gebe ich ihm keine ruhige Minute mehr. Mehrmals täglich spreche ich mit meinen roten Blutplättchen und fordere sie auf sich die Parasiten, wie ich die Leukozyten nenne, vom Hals zu halten.

Nebenbei quälte mich ein Traum von einer Zwillingsschwester. Das Gefühl, nicht allein auf der Welt zu sein, habe ich schon seit meiner Kindheit. Zu erfahren dass am anderen Ende der Welt noch jemand ist, der meine Gefühle teilt, ist eine echte Sensation.

ISBN: 978-3-8391-4796-2